Libraccio Outlet Sr

Bologna
V.Oberdan 7, 40126
P.IVA 07633360966
Tel. 051-6569109

	EURO
Campania La grande cucin	4,95
9788879068406	

TOTALE EURO	**4,95** *
PAGAMENTO Visa CartaSI	4,95
AMMONTARE	0,00 *
RESTO	0,00

****

Numero Articoli 1
0033 003302 02 67499
ACQUISTIAMO LIBRI CD DVD VINILE FUMETT
21/12/17 18-35   PAGAMENTO SC N. 305
            7F ET 52023833

I coralli

Marco Presta

Accendimi

Einaudi

Accendimi

a Marina, semplicemente

Era una torta fuori ordinanza, dissidente, un prototipo illegale che nessun ricettario avrebbe ospitato tra le sue pagine. Un esemplare unico, anomalo, una mascalzonata a tre gusti, mangiarla era come far sparire delle prove. Si trattava del dolce per il compleanno di un'amica e Caterina non voleva che lo festeggiasse affettando una dozzinale Saint Honoré di ruolo. Quel legame insolito tra pistacchio, castagne e torroncino, che sarebbe stato considerato un'associazione a delinquere da qualunque altro pasticciere, aveva il preciso scopo di comunicare alla persona cui era destinato: «Per me non sei un individuo come gli altri. Ti voglio bene». Nel laboratorio posto sul retro del negozio non c'erano testimoni quel giorno, se si escludeva un piccolo Montblanc da sei porzioni con scritto sulla fronte «Auguri Carmine». Lui non avrebbe parlato.

I dolci che Caterina preparava esprimevano il suo stato d'animo.

Per capire se attraversava un periodo difficile, bastava dare un'occhiata alle torte che ammiccavano dagli espositori frigo, come prostitute dalle vetrine di Amsterdam. I Profiterole, infatti, apparivano malinconici, privi dell'ambizione architettonica che dovrebbe contraddistinguerli: invece del tumulo sulla sepoltura di un re barbaro ricordavano piccole meduse spiaggiate. Le Charlotte alla panna erano di un bianco sconsolato, le Millefoglie sembravano aver bisogno d'essere innaffiate. Il loro sapore era sempre squisito, ma in quei particolari periodi i clienti della pa-

3

sticceria erano meno soddisfatti del solito, abituati come tutti a dare valore a ciò che si vede fuori piú che a quello che c'è dentro.

Sarà che l'insoddisfazione è il marchio di fabbrica della specie umana.

Siamo tutti dei falliti, altrimenti non ci sarebbe il mondo che c'è. Tutti, anche il Presidente della Grande Nazione, che controlla la valigetta con i codici nucleari ma avrebbe voluto essere una star del cinema. Se scavi un poco, scopri che il Nobel per la matematica desiderava essere un campione di scacchi e che il famoso imprenditore darebbe buona parte del suo patrimonio per diventare il piú popolare dei cantanti confidenziali. Siamo talmente abituati all'insoddisfazione che la stimiamo una condizione del tutto normale e accettabile, anzi, uno stimolo a migliorarci, una buona sorte dolorosa i cui benefici comprenderemo col trascorrere del tempo. In quest'ottica, anche il mal di denti può esser visto come una forma di dieta molto efficace. Se sei ricco, vorresti essere piú alto, se sei alto, sogni di possedere un cavallo baio, e quando lo avrai capirai di aver sempre desiderato un morello.

Mentre il grande fiume degli insoddisfatti riceveva milioni di affluenti come tutti i giorni, Caterina continuava a guarnire il suo esperimento.

La sera precedente non era riuscita per l'ennesima volta a litigare col marito e ora si sentiva nervosa e sfiduciata.

Non si trattava di un marito autentico, ma di una riproduzione abbastanza credibile, un tarocco che anche una moglie di lungo corso, dopo un'attenta analisi, avrebbe faticato a smascherare. Come per tutti i modelli non originali, il problema principale consisteva nei pezzi di ricambio. Passione, pazienza, disponibilità, una volta consumate, non si sa come sostituirle. Il magazzino della loro relazione appariva malinconicamente vuoto. E in un amore, purtroppo, non è possibile sostituire la scheda come in una caldaia.

4

Caterina aveva cercato di fabbricare un piccolo diverbio, di varare l'imbarcazione di una litigata nel mare placido del loro rapporto. Non un transatlantico, magari, ma neanche un pattíno. Qualcosa che increspasse le acque almeno un poco, perché si capisse che il rimanere a galla non è mai una certezza, ma l'alternativa al colare a picco. Gianfranco aveva ascoltato, aveva compreso, aveva ridimensionato, le aveva fatto un buffetto e s'era messo a preparare i medaglioni alla russa con i funghi.

Durante la notte, Caterina era rimasta piú di un'ora a guardarlo dormire. Stavano insieme da tre anni ma ognuno abitava in casa propria, una neutralità interrotta da brevi periodi di convivenza.

Osservare l'amante mentre è in stato d'incoscienza ci dice molto su cosa proviamo davvero nei suoi confronti. I primi tempi, hai il desiderio di svegliarlo per fare l'amore e giurare il falso sottovoce. Dopo qualche anno, noti soltanto che ha un brufolo su una guancia.

Caterina parlava di Gianfranco con gli altri chiamandolo «il mio compagno»: la parola «fidanzato» appare ridicola, a una certa età. Era un funzionario di polizia, la sua qualifica vice commissario, prefisso che sembrava ribadire la difficoltà di Gianfranco nell'essere titolare di un ruolo, nella vita privata come nel lavoro.

La pasticciera l'aveva fissato mentre giaceva supino, ficcato nel suo pigiama azzurro, fermo e inamovibile, saldato al letto. Si svegliava sempre nella stessa posizione in cui s'era coricato la sera precedente, un automa in ricarica. Non esistevano incubi, zanzare, lombalgie, preoccupazioni che potessero farlo rigirare tra le lenzuola. Il sonno confermava l'immutabilità della sua persona, che fosse accesa o spenta, la solidità di una creatura con delle fondamenta robuste, un oleandro difficilissimo da estirpare.

Quella notte, Caterina aveva pensato che gli voleva bene, che desiderava prenderlo tra le braccia come un bambino, sollevarlo, attraversare con quel fardello il soggiorno, scendere sei rampe di scale e depositarlo in strada. Non in mezzo alla carreggiata, per carità: sul marciapiede, al sicuro. Lasciarlo lí, adagiato con cura, con affetto. Che stessero lontani i topi, i barboni che frugano nei cassonetti, gli ubriachi, lontani da quell'uomo equilibrato e sereno. La mattina seguente, però, il trasloco non era ancora avvenuto, Gianfranco s'era alzato come fosse caricato a molla per andare a bere il suo caffellatte, sbarbarsi, vestirsi e raggiungere il commissariato.

Ora Caterina stava ultimando la sua torta priva di documenti. Faceva un mestiere che le piaceva, era in buona salute, aveva un uomo che si prendeva cura di lei. Peggio di cosí non poteva andare.

Caterina aveva due commesse, nella sua pasticceria. La piú anziana si chiamava Carla e stava dietro il bancone pieno di dolci come un soldato in trincea. Le sue mani guantate di plastica erano collegate al corpo tramite polsi enormi, da fabbro: le braccia non volevano correre il rischio che se la svignassero. Anche le caviglie erano massicce, ma quelle i clienti non potevano vederle. Carla tentava sempre d'indirizzare la scelta degli avventori verso i pasticcini, una madre protettiva che cerca di aiutare il figliolo meno dotato. I suoi sforzi erano spesso frustrati, la gente preferiva le torte.

La seconda vestale dei semifreddi era Shu, una ragazza cinese che era stata risucchiata dalla pasticceria una mattina di primavera.

Caterina aveva notato che per settimane la giovane donna era rimasta ipnotizzata davanti alle sue vetrine. Un giorno all'improvviso aveva deciso di entrare, un piccione che s'infila nell'androne di un palazzo. Non sembrava aver nulla da dire, occupava lo spazio sorridendo. Carla le era andata subito incontro, pronta a fronteggiare una nuova, spietata ordinazione che non prevedeva i pasticcini.

Shu però non diceva nulla e anche Carla taceva: la scena ricordava il dipinto di un'Annunciazione, non fosse stato per i cannoli siciliani che facevano da sfondo. Trascorsero alcuni minuti in quello stallo imbarazzante: Shu non conosceva l'italiano, Carla lo frequentava pochissimo, introversa com'era.

7

Quando Caterina fece capolino dal laboratorio, si trovò di fronte due statuine, una in porcellana cinese, l'altra in ceramica molisana. Senza il suo intervento decisivo le due donne forse sarebbero ancora lí a guardarsi in silenzio. Per alcuni minuti, la pasticceria divenne una nuova Babele, popolata da esseri umani che parlavano tra loro in tante lingue diverse senza capirsi. Poi, con l'aiuto del buonsenso e soprattutto di una disperata gestualità, Caterina riuscí a comprendere il motivo di quell'irruzione. Shu voleva lavorare lí. Non lo chiese, si limitò a informarla della sua intenzione, senza nessuna arroganza. Quell'assunzione rappresentava il coronamento di un sogno e i sogni non possono che avere un epilogo felice, a meno che non accettino un esecrabile declassamento.

Le alzate e le guantiere sfavillanti, i profumi, quella certa aria da casa delle bambole che le pasticcerie hanno, quando sono belle e curate, affascinavano la piccola orientale dagli occhi e dai capelli nerissimi.

In quel luogo lei sarebbe stata beata, in ballo non c'era un posto di lavoro ma la felicità.

Caterina la prese a bordo, trascurando alcune piccole controindicazioni: non aveva bisogno di nuovo personale, la giovane non parlava la sua lingua ed era del tutto priva di esperienza in quel campo.

Per fortuna, l'integrazione nelle pasticcerie sembra essere piú semplice che nel resto del mondo: Shu dimostrò sin dall'inizio di essere a proprio agio dietro il bancone, annuiva allegramente di fronte alle richieste dei clienti ed era velocissima a confezionare i vassoi di cartone argentato con i dolci.

Carla, dal canto suo, non mostrava nessuna gelosia verso la nuova arrivata, anzi appariva soddisfatta di avere finalmente un sottufficiale ai suoi ordini.

A volte, dopo l'orario di chiusura, quando Carla se n'era già andata, Shu rimaneva nel negozio a guardar lavorare la sua datrice di lavoro.

Una sera la raggiunse nel laboratorio e iniziò a parlarle in cinese. Sapeva bene che Caterina non avrebbe capito una sola parola, ma non le importava. Spesso non ci capiamo neanche parlando la stessa lingua. Shu voleva dirle che le era grata, che la ringraziava con tutta l'anima, che per la prima volta in quegli ultimi anni tormentati aveva ritrovato un po' di serenità. I suoni che le uscivano di bocca erano oscuri ma il loro senso molto chiaro.

Quando ebbe finito, cominciò a parlare Caterina. Disse che era contenta di averla incontrata e del modo in cui lavorava, dell'impegno che ci metteva e della passione. Poi, piano piano, senza quasi rendersene conto, la regina delle crostate si mise a raccontare di sé e della sua vita.

Disse tutto, descrisse tutto, come si sentiva, a che punto era arrivata la sua storia con Gianfranco, l'affettuosa estraneità che li legava, la sensazione di attesa che percorreva la sua esistenza da quando si svegliava la mattina a quando s'infilava sotto le coperte. La certezza di non essere compresa anestetizzava la sua naturale riservatezza. Shu l'ascoltava con attenzione e pazienza, ogni tanto scuoteva la testa, una confidente sulla cui discrezione non si potevano nutrire dubbi, visto che non aveva la piú pallida idea di cosa le veniva confessato.

Da quella volta, quasi ogni sera le due donne si trattenevano dopo l'orario di lavoro per chiacchierare e confidarsi, con tenera e premurosa incomunicabilità.

Shu fece anche vedere a Caterina alcune foto, raffiguranti dei signori cinesi molto dignitosi, oppure dei bambini pettinati con estrema cura, quasi se ne fosse occupato un geometra, e ancora delle operaie davanti a una fabbrica. Ogni tanto, durante la narrazione, Shu s'infervorava o tratteneva a stento le lacrime.

Allora, Caterina sospirava e le prendeva le mani tra le sue. Poi, dava inizio al proprio resoconto.

9

Dopo due mesi di lavoro comune, si poteva dire che mai due amiche erano diventate cosí intime, ignorando quasi del tutto le reciproche faccende private.

Riusciamo ad affezionarci quasi a tutto, nel corso dell'esistenza. Vecchi oggetti, amici inaffidabili, pessime abitudini, luoghi che a occhi diversi dai nostri risultano insignificanti se non addirittura squallidi.

Chi di noi non ha sentito una piccola stretta al cuore nel dismettere un cappotto ormai sfiancato, o nel riascoltare una canzone dal ritornello ridicolo legata alla nostra infanzia? Un giornalista attendibile – nei limiti della categoria – giurava di aver visto un grande industriale piangere, mentre una ruspa distruggeva il barbecue in muratura situato nel parco della sua villa in Sardegna, per collocare al suo posto il mosaico voluto dall'architetto.

Nell'istante in cui la macchina abbatteva quel ricordo di modesta cubatura, chissà quali tenere e indimenticabili grigliate erano riaffiorate nella mente del capitano d'industria. Un uomo d'esperienza, abituato a trattare con i sindacati, con due mogli e numerose amanti, un punto di riferimento per tutta Confindustria, il magnate che pochi giorni prima aveva cassintegrato duecentocinquanta operai, si commuoveva fino alle lacrime davanti a quell'esecuzione sommaria.

Esistono però oggetti, pochi certo, che meritano davvero il nostro affetto. Uno di questi è l'apparecchio radiofonico. Parla quando vuoi, quando vuoi tace, canta per te, t'informa, accetta di riempire uno spazio sulla credenza e condurre una vita sedentaria ma, se glielo chiedi, è pronto a seguirti in capo al mondo.

La radio merita il nostro amore e ogni nostra nostalgia. Caterina ne aveva una nel suo negozio, un modello degli anni Settanta, un cubo arancione con tanto di antenna. La pasticceria, in una vita precedente, era stata la bottega di suo padre, che riparava televisori e mentre lavorava ascoltava per ore tutto ciò che usciva da quella scatoletta. Quando Caterina aveva deciso di trasformare il vecchio laboratorio del papà era saltato fuori quel cubo arancione, rimasto per chissà quanto in una scatola piena di cianfrusaglie. L'aveva tenuto avvolto per mesi nella plastica da imballaggio, finché un giorno s'era decisa a verificarne il funzionamento.

Appena attaccata la spina, la radio aveva preso vita. Caterina aveva provato la stessa meraviglia che si prova nello scoprire ancora vivo il maresciallo in pensione che abitava al piano di sopra, nel palazzo in cui stavi da bambino con la tua famiglia.

Da allora, quel residuato paterno era diventato un alleato prezioso, nel lavoro.

Preparare la crema chantilly o il pan di Spagna era piú facile ascoltando musica, aggiornamenti sulla crisi turca e dibattiti sull'argomento del giorno.

«Mi fa tanta compagnia», specificava Caterina, la stessa funzione di un cane ma senza la seccatura di portarlo fuori a fare pipí.

Gianfranco si rapportava in un solo modo al piccolo cubo parlante che arringava tutti i giorni nella pasticceria: «Abbassa il volume, per favore», ecco la frase che diceva sempre quando si affacciava nel laboratorio.

Un osservatore esterno, immune dai pregiudizi della logica, avrebbe notato una certa quantità di segni che facevano pensare a una robusta antipatia reciproca. Nemmeno l'apparecchio radiofonico sembrava vedere di buon occhio il vice commissario, lo si poteva desumere da minuscoli indizi.

Ogni volta che era nei paraggi, la radio frusciava e, se

la vicinanza diventava eccessiva, perdeva addirittura la frequenza.

Quando Gianfranco aveva tentato di abbassare il volume, un pomeriggio di marzo, la manopola gli era rimasta tra le dita ed era stata un'impresa rimetterla a posto. In un'altra circostanza, aveva perso il foglietto su cui si era appuntato un numero telefonico molto importante. Lo avevano cercato dappertutto, senza risultati. Ebbene, era stato ritrovato mesi dopo, sotto il piccolo cubo arancione.

Una casualità, senza dubbio.

Quella mattina, Caterina non stava né bene né male. Una condizione molto diffusa, se ci fate caso.

Come ogni domenica, le sue due pretoriane erano impegnate a servire persone che, nel giorno di festa, si concedevano il microscopico lusso di portare a casa delle paste.

Gianfranco si lamentava spesso del fatto che la sua compagna fosse costretta a lavorare nei giorni festivi. In realtà, non si trattava affatto di una costrizione, perché il pasticciere è come il prete. Entrambi vivono la loro consacrazione professionale proprio di domenica, entrambi aspettano l'arrivo dei *clienti* – che in quel giorno sono piú numerosi – per dare il meglio di sé e mostrare al mondo quanto sia vera, profonda, irrinunciabile la vocazione che li ha toccati.

Caterina era contenta di starsene nel suo laboratorio proprio in quel giorno, a riempire bignè e guarnire crostate, sentendo le voci che provenivano dal negozio, le grida dei bambini, i suggerimenti di Carla agli avventori, riassumibili in un unico diktat: pasticcini!

Anche quella domenica Gianfranco aveva sguainato tutta la sua disapprovazione in maniera civile, tranquilla, senza toni esacerbati, senza rimproveri. Insomma, una disapprovazione irriconoscibile: un ragioniere travestito da

donna di martedí grasso. Alla fine, era uscito di casa senza bere il caffè che lei gli aveva preparato, un gesto grave
e definitivo, secondo il suo manuale di comportamento.
E adesso Caterina fissava il vuoto, in mano il sac à poche. Si chiedeva com'era arrivata a quel punto, una domanda che tutti ci poniamo almeno una volta nell'arco
della nostra esistenza: sono pochissimi quelli che sanno
fornire una risposta.

Si allontanò dal tavolo di lavoro e accese la radio.

In onda c'era una canzone disperatamente comica, la
storia di un tale che si vede negare una sigaretta davanti a
un bar e confessa di sentirsi scoppiato, masticato dalla vita.

Caterina si fermò per qualche istante ad ascoltare le parole, poi riprese a lavorare.

Avere un fratello o una sorella è una fortuna, ecco una cosa sulla quale si pensa che siano tutti d'accordo. Forse Abele non sarebbe dello stesso parere, dipende dal tipo di familiare che il destino ti riserva. Essere figlio unico – è opinione comune – ti priva di un appoggio importante, quello di un consanguineo cresciuto insieme a te, che ti conosce bene e ti è legato indissolubilmente. Trovare sostegno in un momento difficile è essenziale, se però si tratta di aggrapparsi a un cespuglio d'ortica, ecco che il vantaggio si trasforma in una bella fregatura.

Caterina aveva un fratello, piú grande di lei di cinque anni. Un cespuglio d'ortica rigoglioso, quasi una siepe. Il suo nome era Vittorio e da sempre costituiva una mina vagante nella sua esistenza. Spariva per mesi, poi riappariva ed era come vedere riemergere Moby-Dick.

Mai una volta che si fosse fatto vivo solo per chiederle: «Come stai?» Ad ogni sua apparizione nasceva un problema da risolvere. Non si vedeva da un pezzo, Vittorio, da quando, piú di due anni prima, s'era trasferito a Udine per seguire certi affari sulla cui descrizione non s'era mai dilungato troppo.

Cercare di contattarlo telefonicamente era un'impresa, il cellulare risultava sempre spento o squillava a vuoto. Vittorio richiamava settimane dopo, senza neanche alludere al fatto che era stato irreperibile cosí a lungo.

«Eccomi...» questo era il suo incipit abituale. Poi, di solito, seguiva una qualche richiesta.

Caterina aveva deciso che non si sarebbe piú preoccupata del comportamento di quel suo fratello in contumacia, ma solo del proprio. Una scelta da persona illuminata. La loro parentela proseguiva, anche senza la collaborazione di Vittorio.

Quel lunedí pomeriggio, la chiamata di Vittorio arrivò mentre lei stava preparando la valigia di Gianfranco. L'ufficiale di polizia riteneva che quella fosse un'incombenza spettante alla componente femminile della coppia, cosí come far uscire una vespa dalla cucina roteando un canovaccio spettava alla componente maschile. Doveva andare fuori per qualche giorno, motivi di lavoro. Caterina ignorava tutto di quel viaggio, ma preparava il bagaglio con eloquente entusiasmo.

– Eccomi...

La voce di Vittorio la sorprese, balzando fuori dal cespuglio di un numero sconosciuto.

– Ciao, Vittorio...

– Vengo giú per qualche giorno, devo vedere delle persone... – «Vengo giú»: per descrivere il suo arrivo aveva utilizzato l'immagine che si usa per una slavina.

Caterina gli rispose che era felice di rivederlo e non si trattava di una bugia, anche se nel pronunciare quella frase aveva avuto un presagio vago e inquietante.

Gli anni passavano, velocemente lenti, e la pasticciera pensava che, di quel passo, alla fine dei giochi, avrebbe trascorso piú tempo con uno qualunque dei suoi clienti che con il fratello.

Chiuse la valigia di Gianfranco e alzò gli occhi sullo specchio che rivestiva l'armadio della camera.

Vide una donna sui quarant'anni, con i capelli di un castano ancora sincero, qualche ruga di troppo intorno agli occhi e un corpo asciutto, elegante: un clavicembalo in attesa da molte stagioni che un musicista capace lo accordi.

Gianfranco entrò in quel momento e prese la valigia, senza controllarne il contenuto. Sapeva che, al suo interno, tutto era stato posizionato secondo un criterio sano, ineccepibile, un sistema formale che avrebbe fatto invidia al piú stimato dei fisici teorici.

La valigia è come l'anima di un seminarista che esce dall'istituto dove studia per fare un giro in città: ben ordinata all'andata, completamente a soqquadro al ritorno. Gianfranco tirava fuori questa metafora, molto amata da suo nonno, generale di brigata, ogni volta che prendeva in mano il proprio bagaglio, lo soppesava e lo reputava degno di ospitare i suoi vestiti.

– Io vado, cara.

«Cara» è un appellativo datato e rassicurante, ricorda l'odore degli zampironi nelle notti estive degli anni Settanta. Non brilla per originalità, ma è meglio di certi nomignoli imbarazzanti che gli innamorati si affibbiano a vicenda.

Gianfranco, con il suo bagaglio tra le braccia, baciò un po' Caterina e un po' la valigia. Poi, senza aggiungere altro, girò su se stesso e uscí.

Per Caterina, si trattò di un piccolo 25 aprile.

L'infelicità è una specializzazione, un livello di malessere esistenziale molto alto, un master che in pochi riescono a conseguire. Gli altri devono accontentarsi di un modesto fastidio che accompagna le loro giornate.

Era cosí anche per la pasticciera.

Poteva continuare in quella situazione per sempre e, questa la cosa peggiore, se ne rendeva conto. Trattava i suoi quarant'anni come il ripostiglio di casa: pensava che prima o poi si sarebbe decisa e avrebbe messo tutto in ordine, buttato un po' di paccottiglia inutile e sistemato per bene gli scaffali.

Adesso però era libera di fare quel che voleva, l'uomo che illuminava – in maniera soffusa, per essere sinceri – il suo mondo era partito, quello che aveva l'abitudine di complicarlo doveva ancora arrivare.

Poteva andare a vedere una mostra, incontrare un'amica, concedersi a uno degli operai che rifacevano il manto stradale sotto il suo palazzo, guardare la televisione, convertirsi a una setta religiosa orientale, uscire e comprare quella borsetta che le piaceva tanto. Una gamma d'opportunità infinite, un menu da ristorante di grande qualità.

Invece rimase seduta sulla poltrona color prugna del soggiorno, a sfogliare una rivista di cucina.

Una torta nuziale disdetta all'ultimo minuto, per un pasticciere, equivale a un ponte crollato poco prima del collaudo per un ingegnere.

Caterina ci aveva lavorato due giorni, le commesse le giravano intorno con la stessa cautela degli strumentisti che aiutano i chirurghi in sala operatoria.

Il risultato finale era un fabbricato di tre piani, crema e panna, romantico quanto può esserlo un attentato alla glicemia. Caterina aveva addirittura pensato che, mai si fosse sposata, una torta cosí avrebbe potuto tollerarla.

Il giorno prima della consegna, una donna di mezza età s'era presentata in negozio con la faccia di un araldo da tragedia greca.

– Sono mortificata, non so che cosa dire... – cosí aveva iniziato il suo annuncio.

Era la madre della sposa.

– Una disgrazia... – continuava a frignare la signora, – una brutta disgrazia!

Qualunque creatura la cui umanità sia anche di poco sopra la linea di galleggiamento avrebbe pensato, come prima ipotesi, a un terribile incidente. Cosí fece anche Caterina, che soccorse la donna piangente e la fece accomodare nel laboratorio. La prefica si accasciò: per sua fortuna il calo degli zuccheri non poteva essere un problema, in un luogo del genere.

– Su, su, – disse rassicurante la pasticciera.

– Che dolore... che mazzata! E chi se lo aspettava? Non si sposano piú!

Mentre parlava, la mater addolorata aveva come sfondo l'imponente costruzione dolciaria destinata a concludere il pranzo di nozze che, a sentire quel che diceva, non avrebbe piú avuto luogo.

– E... perché? – domandò Caterina, il cui animo generoso era, ancora per qualche istante, dispiaciuto piú per la fine crudele di quell'amore che per la torta a tre piani destinata a rimanerle sul groppone.

– E perché... perché lui non la ama! Chi ama sa perdonare! – chiosò con una frase che sarebbe sembrata troppo melensa pure all'interno di un cioccolatino.

– La ami? Le vuoi bene dal profondo del cuore? E non stare a pensare al passato! Pigliatela e falla finita, no? – continuò la signora, mentre lo stupore di chi non ci sta capendo nulla si dipingeva sui volti delle sue interlocutrici. La madre della sposa, ormai appariva chiaro, era impegnata in una difesa ardua: quella dell'innocenza della sua figliola.

– L'altro ieri Leonardo ha scoperto che lei aveva avuto un flirt... ma prima del matrimonio! – Su questo non c'erano dubbi, dato che il matrimonio doveva ancora essere celebrato.

– E allora? – Stavolta, dopo un lungo silenzio, a intervenire era stata addirittura Carla, che non apriva bocca da due ore. Shu, dal canto suo, annuiva di tanto in tanto.

– Allora non me la vuole piú sposare... non me la sposa, non me la sposa, non c'è niente da fare... io ho provato a farlo ragionare... niente, non me la sposa! – La casalinga riprese a piangere.

– Ma... com'è possibile? Forse sua figlia ha fatto male a non parlarne prima col marito, visto il tipo... in fondo si tratta di una storia del passato... quand'è finita? – s'informò pietosa Caterina.

– La settimana scorsa, – garantí la cliente, mentre le pre-

senti si guardavano in faccia basite. – La colpa è di Mauro...
maledetto quel Mauro, maledetto! Me l'ha rovinata!
Restava poco da dire, niente nozze. Niente fiducia, né
stima, né desiderio di legarsi per tutta la vita a un'altra
persona. Solo una torta.
– E adesso con quella che ci facciamo? – Il primo cenno di ragionevolezza da parte di Caterina.
– Il pranzo, le bomboniere, i fiori... anche la torta...
pagava tutto il padre di lui, noi non teniamo un euro...
La prego, ci comprenda, ci perdoni... che disgrazia... – La
mater addolorata si rimetteva alla clemenza della corte.
Caterina le disse di non preoccuparsi e le augurò la mi-
glior fortuna possibile.
Il fantasma della torta nuziale aleggiò per molti giorni
nel laboratorio, anche dopo che fu smembrata e riconverti-
ta in altri dolci piú piccoli. Mentre la guardava, maestosa e
seducente, la sua creatrice pensò che quel transatlantico meraviglioso sarebbe affondato senza aver conosciuto il varo.
Accese la radio e le si sedette accanto, muta, senza guardarla, come vicino a un estraneo su un mezzo pubblico.
L'aria si riempí di musica, poi una voce si arrampicò sulla
melodia che si affievoliva.
– ... magari oggi è una giornata di quelle che vorresti
farti ibernare per essere risvegliato tra una decina d'anni.
A me ne capita una cosí ogni due settimane. Non abbat-
tetevi, state su! Forse avete appena finito un lavoro, un
lavoro fatto per bene, e vi siete accorti che avete faticato
inutilmente... quella pratica che vi è stata respinta, quel
rubinetto che vi sembrava non perdesse piú... non demo-
ralizzatevi, evitate di spappolarvi come un savoiardo nel
caffellatte... siete stati bravi, valorosi, abili, competenti,
validi, preparati... e i sinonimi me li sono giocati tutti.
Per quello che vale, avete la mia stima... e il mio affetto...
Caterina sorrise e scosse la testa. Tante volte, le coin-
cidenze...

21

Il campanello della porta di casa ha una voce diversa a seconda di chi lo suona. Qualcuno lo tocca appena, altri ci restano attaccati per un minuto, come aspettassero da anni sopra il tuo zerbino. La musica del campanello, insomma, è come quella del violino: varia in base all'interprete. Se sul pianerottolo c'è un familiare o un amico che viene a trovarti spesso, per esempio, lo capirai subito dal modo in cui preme il pulsante.

Due colpi brevi e uno piú lungo: Vittorio.

Caterina gli andò ad aprire e, nel trovarsi davanti il fratello, si chiese da quanto tempo non lo vedesse. Era imbiancato ed esibiva una barba che lo rendeva quasi irriconoscibile, sembrava aver vissuto l'anno del cane: uno ne vale sette. Si abbracciarono e in quel momento si vollero bene davvero.

– Come stai, Vittorio?

– Da Dio.

– E questo barbone? – ridacchiò la sorella tirandolo.

– Beh, è di moda. A una certa età è quasi un dovere... è una maschera, sennò ti si leggono in faccia tutte le puttanate che hai fatto!

E di puttanate Vittorio ne aveva fatte parecchie. Qualcuna Caterina la conosceva, ma la maggior parte costituiva l'alone di mistero che circondava l'esistenza del fratello. Sapeva nebulosamente di problemi del passato, c'era stato anche il processo per il fallimento della sua società dal quale era uscito – come diceva lui – «pulito come dopo

22

una centrifuga». Da quel momento, tollerava che si parlasse di bancarotta, purché fosse scongiurato l'aggettivo «fraudolenta».

Chiacchierarono senza mai abbassare troppo la guardia e il resoconto di quegli ultimi due anni risultò un apprezzabile esercizio di vaghezza.

– Quanto tempo rimani?

– A occhio e croce... un paio di giorni... – Il pressappochismo sembrava essere lo stemma del casato.

– Ti faccio un caffè.

– No grazie... ho le valigie in macchina, non posso trattenermi molto...

– E perché le hai lasciate in macchina? Potevi portarle su!

Il ping-pong dei convenevoli era iniziato, come in ogni casa italiana che si rispetti. Ora al servizio c'era Vittorio.

– Grazie ma non è il caso con i miei orari strani... ho prenotato un albergo in centro...

– Ma quale albergo? Per una volta che vieni te ne vai in albergo? Stai scherzando, mi auguro! – Quando una donna dice «Stai scherzando, mi auguro», che sia una sorella, una moglie, una collega o un'amante, non è il caso di questionare. Vittorio lo sapeva bene.

– Ma darei fastidio, tu adesso sei anche fidanzata...

Il suo dovere di ospite educato l'aveva fatto. Caterina però non aveva voglia di sentire ragioni piú di quanto Vittorio ne avesse di sostenerle. Era deciso, sarebbe rimasto da lei.

Il nuovo arrivato scese a prendere il suo bagaglio, che si rivelò consistere solo in un borsone di pelle, lo aprí, e Caterina notò che i vestiti al suo interno erano ammucchiati, messi dentro alla rinfusa, come se l'avesse riempito in fretta e furia.

– Senti, Garibaldi... – riprese la pasticciera con dolcezza. – Come va il lavoro a Udine?

– È un momento un po' particolare, un periodo difficile... era previsto, eh... in capo a sei mesi tutto dovrebbe tornare alla normalità...

– Almeno ce l'hai una donna?

Era una domanda molto intima, ma se non può fartela una persona cui hai decapitato tre bambole, che ti ha visto seduto sul water e alla quale, da adolescente, hai terrorizzato un paio di fidanzati, allora chi può fartela?

– Ho avuto una storia, una storia molto lunga... è durata un anno e mezzo...

«Molto lunga?» pensò Caterina.

– Adesso è finita ma va bene cosí, ho trovato un mio equilibrio... – tagliò corto lui.

Da quel breve interrogatorio, Caterina aveva appreso che il fratello era disoccupato e completamente solo. Notizie rassicuranti.

– A te come va?

Sempre bravi nel contropiede, ecco un'altra prerogativa nazionale.

– Bene. Direi che va bene –. L'uso del condizionale metteva in luce una crepa nell'intonaco che, con il tempo, andava allargandosi.

– E questo Gianfranco? – chiese ancora Vittorio, che nel frattempo aveva dovuto fare capriole mnemoniche per ricordare il nome del cognato in pectore.

Caterina s'accorse di non essere pronta a rispondere a quella domanda e che, se lo avesse fatto d'impulso, Vittorio avrebbe potuto replicare solo in un modo: «Allora perché diavolo ci stai insieme?»

– È una brava persona...

– Lo è anche il mio garagista a Udine, – insinuò Vittorio.

– Mi vuole bene e mi tratta con rispetto. Poi, quando occorre, è sempre presente... con il passare degli anni scopri quanto è importante tutto questo... Gianfranco è un uomo che ti dà sicurezza, ecco...

– Insomma, se devi portare su una scarpiera e l'ascensore è rotto, sai chi chiamare...

24

Dentro una stanza piccola piccola, in un sottoscala recondito nel cuore di Caterina, c'era un omino legato e imbavagliato che avrebbe voluto gridare: «È proprio cosí!»
– E che lavoro fa? – riprese Vittorio, piú per cortesia che per reale interesse.
– È un commissario di polizia... vice commissario –. Mai promozione era durata cosí poco.
Vittorio cambiò espressione impercettibilmente e non parlò piú. Poi si alzò e andò alla portafinestra, scostò le tende e guardò fuori.
– Riposati un po', il viaggio è stato lungo, – gli disse Caterina.
Lui si stese sul letto e rimase in quella posizione piú di un'ora, a fissare il soffitto. Per riuscire a prendere sonno in pieno giorno bisogna avere una certa vocazione e l'animo sgombro da affanni.

Quella notte, Caterina decise di andare al supermercato, vicino a casa sua ce n'era uno aperto ventiquattr'ore su ventiquattro. Insonni, prostitute e serial killer sapevano dove andare, se si erano dimenticati di comprare il latte. Vittorio aveva finalmente perso conoscenza, la stanchezza gli regalava un armistizio benedetto dai suoi pensieri. E Caterina rifletteva su quanto poco sapeva di lui: come passava le sue giornate? Quali erano le sue aspirazioni e quanta la fatica che faceva per continuare a coltivare l'illusione, come tutti, di essere ancora in partita? Ogni volta che entrava in contatto con lui, le tornava in mente un'immagine della loro infanzia: la mamma che lava i piedi nel bidet a entrambi, dopo che sono stati a giocare insieme in cortile. Certi ricordi, anche se insulsi, rimangono incrostati per sempre nella nostra coscienza. Una volta la doccia quotidiana era considerata un eccesso, uno spreco inutile, e i bambini, che a causa della loro naturale iperattività hanno bisogno di essere strigliati piú spesso degli adulti, venivano lavati «a pezzi»: la faccia, le mani, i piedi. Un'igiene in chiave Frankenstein che richiedeva piú tempo e dedizione, rispetto all'infilare per intero il piccolo sotto uno scroscio d'acqua tiepida.

Al banco dei surgelati Caterina incontrò un uomo anziano, forse un pensionato, che controllava i prezzi con gli occhiali sul naso: la salutò facendole un cenno, come se tutt'e due appartenessero a un'élite, il club esclusivo dell'acquisto notturno.

26

Davanti agli scaffali degli alcolici era parcheggiato un tipo alto, un brutto ceffo che guardava le bottiglie come si guardano le persone che scendono da un treno alla stazione, nella speranza di riconoscere quella che si aspetta («Ciao, è bello rivederti!»), abbracciarla e portarsela a casa.

La filodiffusione spargeva tra i corridoi e le casse una di quelle musichette che dimentichi già mentre le stai ascoltando.

Caterina ripensò alla telefonata che Gianfranco le aveva fatto, appena arrivato nella località segreta dove il Ministero l'aveva spedito. Pochi secondi, un tono che non tradiva nessun coinvolgimento emotivo, quasi che un sorriso o un momento di tenerezza potessero in un istante far crollare un piano concepito per anni e da cui dipendeva la sicurezza della Patria.

L'erosione che la vita quotidiana esercita sui sentimenti, l'abitudine – inevitabile e, per certi aspetti, salutare – e il processo di pastorizzazione della carnalità che tutte le coppie avviano dopo qualche mese di relazione: erano queste le ottime ragioni che Caterina presentava a se stessa per dimostrare quanto la sua mancanza di slancio verso Gianfranco fosse normale e per niente preoccupante. Un fenomeno di massa, tra gli innamorati. Non la sfiorava neanche l'idea di non amarlo piú, e in fondo aveva ragione: non si può spegnere un fuoco che non è mai stato scintilla. Nonostante questo, Caterina rimaneva abbarbicata a quella storia: spesso è piú semplice rinunciare a un amore difficile che a un'affettuosa indifferenza.

Due ragazzi se ne stavano avvinghiati nella romantica cornice del reparto detersivi, chissà come erano finiti a baciarsi in piena notte di fronte a decine di confezioni di candeggina.

Tra qualche giorno Gianfranco sarebbe tornato e il manipolo di pensieri ammutinati che cercava di prendere il potere nella sua testa – ne era sicura – si sarebbe ritirato. Intanto il suo carrello s'era riempito di uova, zucchero, farina, polvere di cacao, cremor tartaro. Quel turbinio interiore tra offerte speciali e prodotti in scadenza sarebbe culminato in un ciambellone.

Vittorio dormiva di certo, Gianfranco era lontano, probabilmente stava pianificando con i colleghi un'irruzione in qualche brutto posto pistola in pugno, e lei comprava gli ingredienti per costruire castelli di dolcezza. Il minuscolo universo di Caterina sembrava tutto in ordine, quella notte.

D'un tratto, sentí un'oppressione improvvisa al petto e s'arrestò, a pochi metri dalla cassa numero dodici. Le altre undici erano chiuse e l'unica cassiera superstite dormicchiava, il viso poggiato sul palmo della mano. La pasticciera respirò a fondo, una di quelle azioni generiche che si fanno per illudersi di avere sotto controllo la situazione. Arrivarono i rinforzi: la tachicardia, infatti, non si fece attendere, scatenata dal timore che potesse trattarsi di un malessere serio. La cassiera intanto, frastornata dal sonno, la guardava perplessa, senza rendersi conto di quello che stava accadendo. La musica della filodiffusione si trasformò in una voce maschile:

– ... è solo stanchezza, non c'è da preoccuparsi. Non quella bella stanchezza sana che ti aggredisce dopo che hai lavorato duro, quella che ti fa dormire come un ferro da stiro per dieci ore. È una stanchezza fatta di occasioni mancate, di piccole delusioni, d'insoddisfazione. Non c'è sonno che basti, in un caso come il tuo. Però non allarmarti, le cose possono cambiare da un momento all'altro. Guardati intorno, accetta l'inverosimile e, soprattutto, tieni le orecchie aperte...

Lo speaker si stava rivolgendo a un radioascoltatore, era evidente, uno di quei programmi in cui il conduttore dialoga col pubblico ed elargisce consigli che sembrano giudiziosi, anche perché non verificabili.

Caterina riprese a respirare con regolarità e a spingere il suo carrello mezzo pieno verso il traguardo della cassa dodici.

A volte, anche le parole di uno sconosciuto possono essere d'aiuto.

Il signor Ernesto Guidotti corteggiava Caterina da piú di un anno, proponendosi quale alternativa plausibile a Gianfranco. Come in una squadra di calcio poco competitiva, la riserva valeva meno di un titolare già scadente.

Ernesto era un uomo piccolo e robusto che cercava di rimanere aggrappato unghie e denti alla parvenza di un cinquantenne ben tenuto. I suoi capelli variegati di bianco coprivano il colletto della camicia, sotto il quale s'intravedeva un laccetto di cuoio nero da cui pendeva a volte un dente di squalo, altre la punta di una freccia navajo, due oggetti comunque inspiegabili in un tabaccaio di origine ternana.

Caterina avrebbe forse potuto innamorarsi di un musicista spiantato o di un giramondo dal passato avventuroso, certo non di un tale con un laccetto di cuoio intorno alla gola. Ernesto non lo aveva ancora intuito e sfoggiava il suo girocollo con viva soddisfazione.

La tabaccheria del pretendente si trovava a poche decine di metri dalla pasticceria. L'uomo, con grande discrezione, appariva una volta al giorno nel negozio della beneamata, per un saluto e due chiacchiere. Ogni tanto, però, non si faceva vedere, con il preciso scopo che si notasse la sua assenza: anche le strategie piú ridicole ci sembrano ingegnose, mentre attraversiamo a piedi la grande foschia dell'innamoramento.

Dopo una riflessione di mesi, Ernesto aveva deciso d'incentrare tutto il suo corteggiamento su una proposta concreta, accattivante e, a suo parere, molto vantaggiosa: la sicurezza. Cosa può desiderare una donna, in questi tempi cosí fumosi e imprevedibili, piú di un compagno affidabile, oculato, solido? Solvibile, in una parola. Le Borse oscillano, i mercati crollano, i titoli di Stato non sono piú un investimento redditizio, ma una tabaccheria è sempre una tabaccheria.

«Ti farò fare la signora», questa la frase che Ernesto avrebbe voluto sussurrare a Caterina, infilandole il naso tra i capelli. Per sua fortuna si tratteneva dal farlo, evitando di segnare un altro punto a proprio sfavore, dopo il laccetto di cuoio.

– Come stai bene con quest'abito azzurro! – Per Ernesto era una questione d'onore iniziare ogni incontro con un complimento. Se Caterina gli si fosse presentata vestita da tricheco, ne avrebbe lodato le zanne «cosí candide e prominenti». E in verità a lei la cosa faceva piacere, perché gli apprezzamenti costituiscono sempre un ottimo basamento per il nostro amor proprio, da chiunque provengano.

– Hanno aperto un ristorante nuovo a duecento metri da qui... una di queste sere potremmo provarlo... – Essere trasgressivo non era la missione che Dio aveva affidato a Ernesto, su questa terra. L'animo gentile di Caterina le imponeva di trattarlo con affabilità, un atteggiamento che però non serviva a scoraggiare il tabaccaio.

– Grazie, Ernesto, ma è un periodo che ho molto da lavorare... ieri è arrivato anche mio fratello da Udine... – Chi la vuole capire, la capisca. Ernesto purtroppo apparteneva alla minoranza che non la capiva.

– Beh, questo momentaccio passerà, non c'è mica fretta... magari tra un paio di settimane... – insistette lui.

– Non lo so... – Com'è difficile essere spietati e cortesi allo stesso tempo. – Tra qualche giorno dovrebbe tornare anche Gianfranco...

Il nome «Gianfranco» avrebbe dovuto essere lo spaventapasseri che faceva scappare l'uccellaccio dal campo coltivato. Fu proprio allora, invece, che Ernesto realizzò il suo capolavoro.

– Potrebbe venire anche lui...

Nella pasticceria scese il silenzio. Sarebbe stata veramente una bella serata, il laccetto di cuoio da una parte e la perplessità del vice commissario dall'altra. Ernesto, impaurito dal pericolo di scoprire troppo le proprie carte, aveva proposto un innesto impossibile in natura.

– Glielo dirò... – fu la risposta pietosa di Caterina. Il tabaccaio salutò in fretta e uscí dal negozio, col cuore in tumulto e l'impressione latente di aver fatto la figura del fesso.

– È davvero un cretino, – confermò Carla. Shu, che aveva capito dieci parole in tutto ma compreso perfettamente le intenzioni di Ernesto, fissava Caterina con l'intensità di un cane in attesa dei croccantini. Nessuna di loro aggiunse nulla e ripresero il lavoro.

Quel giorno Caterina tornò a casa prima, non c'erano pretendenti né Millefoglie in cantiere, e neanche le abituali piccole, reciproche prese in giro con le sue amiche commesse potevano alleggerirle il cuore. Trovò Vittorio vicino alla finestra, che guardava fuori da una tenda scostata.

– Non dovevi vedere delle persone?

– Sí, poi all'ultimo è saltato tutto... sono rimasto qui, ho fatto un po' di telefonate...

Aveva percorso centinaia di chilometri per curare i propri affari, ma non era mai uscito da quando era arrivato.

– C'è qualcosa che ti preoccupa? – tentò di sondare lei.

– Assolutamente no, – disse Vittorio, spostando lo sguardo dal viso di Caterina al centrotavola in argento. Appurato quindi che qualcosa lo tormentava, non rimaneva che scoprire cosa. Far confidare a una persona cara il motivo della sua ansia non è facile, che si tratti di un figlio adolescente con problemi di cuore o di un nonno taciturno con inconvenienti di prostata. C'è chi sceglie di aspettare il crollo psicologico e la confessione spontanea, chi sottopone la vittima a frequenti interrogatori, chi si lascia andare a un pezzo di teatro e chiude il suo breve monologo assicurando: «Non ho intenzione di forzarti. Voglio dirti solo questo: io ci sono, in qualunque momento», dopodiché va a girare il sugo in cucina. Caterina fece un piccolo gesto: strinse la spalla del fratello con la mano e lo lasciò ai suoi pensieri, che da allora, in modo indistinto e partecipe, diventavano anche i suoi.

C'era un concetto del tutto sconosciuto a Gianfranco: siamo sostituibili. In amore, nel lavoro, tra gli amici, dopo un periodo di sgomento e dispiacere, tutti veniamo inevitabilmente rimpiazzati. Il «vuoto incolmabile» è un'immagine che trova riscontro solo nella retorica dei necrologi. Il vice commissario, invece, aveva la convinzione d'essere irrinunciabile, come appartenente alle forze dell'ordine, come compagno di vita, come punto di riferimento nell'esistenza di alcune decine di persone, una piccola mandria che guardava a lui come a una certezza.

Si ripresentò all'uscio di Caterina a pomeriggio inoltrato, cioè a quell'ora della giornata in cui ormai ti sembra di averla fatta franca. Appariva sorridente e sereno come al solito, arpionò per la vita la sua donna e la baciò a fior di labbra. Caterina si spaventò nel prendere atto della sensazione che provava. Non era contenta di rivederlo, per farla breve. L'assenza di Gianfranco avrebbe dovuto essere un dolore, non un desiderio. Scacciò via quei pensieri, perché in certe situazioni tutti siamo dei vigliacchi.

– Può darsi che tra qualche settimana io debba assentarmi di nuovo, – le comunicò Gianfranco con un tono da circolare ministeriale. Prima ancora che Caterina potesse preoccuparsi del fatto che questa nuova partenza la metteva di buon umore, entrò nel soggiorno Vittorio. Gianfranco lo guardò inespressivo, mentre sul volto di Vittorio si dipinse qualcosa che somigliava all'apprensione.

– Ti ricordi di mio fratello? – chiese la donna.

Gianfranco non lo ricordava, gli tese comunque la mano da stringere.

– Ci siamo visti una volta sola, mi sembra... – ci tenne a specificare Vittorio, con la risolutezza di chi vuole sfoggiare un alibi di ferro.

– Come mai qui a Roma?

– Affari...

Talora, tra due persone che si sono appena conosciute, si crea subito una corrente di simpatia, un'intesa, una comprensione immediata che durerà per tutta la vita. Non queste due persone, però.

Sbrigate le formalità della presentazione, Vittorio andò a rintanarsi in camera sua, mentre Gianfranco si congedò, dicendo di dover passare in commissariato per ragioni che, naturalmente, non avrebbe rivelato.

Caterina rimase sola, una condizione cui nessun invito al ballo di corte l'avrebbe convinta a rinunciare, in quel momento. Si sedette sul divano e la sua mente iniziò a produrre riflessioni che, come bolle di sapone, scoppiavano immediatamente. Evitò con cura il percorso di guerra (pensare ai debiti che gravavano sulla pasticceria e alla relazione insipida con Gianfranco) e si abbandonò a piccole e confortanti divagazioni. Il cappotto rosso che aveva visto in una vetrina del centro, l'impastatrice automatica che desiderava da tempo. Un'ora di solitudine, però, non era quello che la vita le riservava. Suonarono alla porta e il trillo conteneva tutta la vitalità, l'arroganza e il fondotinta di Susanna, la cui amicizia, all'inizio ferocemente unilaterale, Caterina aveva finito per accettare. Tanto, anche se non avesse voluto, le sarebbe stata amica lo stesso.

Susanna era una Venere di settanta chili, un sorriso da pubblicità montato su un seno florido, un allevamento di mammelle che si mostravano con orgoglio al mondo, affacciandosi da scollature abbondanti. La pelle del viso era rosea e tirata, non grazie a interventi estetici ma solo per merito di un'alimentazione disinibita. Quel turbine di carne e profumo attirava e insieme spaventava gli uomini, era una montagna di morbidezza che tutti cercavano di scalare con il cuore in gola.

– E che, sei in quarantena? Fuori c'è il sole! – Questa frase, nel corso degli ultimi anni, Caterina se l'era sentita rivolgere almeno un centinaio di volte. Susanna si accomodò sul divano, occupandolo per intero con le sue grazie.

– È tornato il questurino?

La vita è una gara ad apparire migliori di quello che siamo, ma Susanna non partecipava.

– Sí, da poco...

– Dimmi almeno che a letto è un martello pneumatico...

Il terrorismo internazionale, la crisi dell'industria metallurgica, il probabile divorzio di una star di Hollywood: la pasticciera fece rapidamente l'inventario dei temi che avrebbe potuto toccare per cambiare argomento.

– Mi accompagni a comprare un cappotto, domani?

– Svicoli, eh! – Susanna non era una creatura facile da infinocchiare. Provvidenziale, Vittorio fece capolino dalla porta, come chi vuole accertarsi che un pericolo si sia dileguato.

– Lo conosci mio fratello?

Susanna si drizzò sul busto e allungò il collo, un setter biondo che fiuta il fagiano dietro il cespuglio.

– Tuo fratello? – Poi, dopo una breve pausa: – No, me lo ricorderei...

Vittorio si addentrò nel soggiorno, attratto inevitabilmente nell'orbita di quella cospicua maga Circe. Caterina abbandonò la stanza, con la scusa di preparare un tè. Rientrò soltanto una prima volta per servirlo ai suoi ospiti, una seconda per portare dei biscotti, una terza perché Susanna aveva chiesto del latte. Pareva la signorina in bikini che, durante gli incontri di boxe, passa sul ring alzando il cartello con il numero del round seguente. Susanna faceva il match, mentre Vittorio stava sulla difensiva, ben consapevole di avere di fronte un avversario temibile.

Mentre la sua amica continuava ad avvolgere il fratello nella ragnatela, Caterina si assentò dal soggiorno, lasciando il suo corpo seduto sulla poltrona color prugna.

Augusto, ottantotto anni, era il cliente piú anziano della pasticceria. Da qualche tempo, la sua apparizione all'interno del negozio scatenava nella proprietaria e nelle commesse un profondo imbarazzo. Per la precisione da quando la figlia di Augusto, una mattina, s'era presentata a Caterina, l'aveva presa sottobraccio e implorata, quasi con le lacrime agli occhi, di non vendere dolci di nessun genere al padre, «assolutamente».

– Guardi, guardi le sue analisi... soprattutto i valori della glicemia... papà deve fare una vita regolata, i dolci per lui sono veleno... solo che ormai è come un bambino, se ne frega di quello che gli dicono i medici e non sta a sentire neanche me! È vivo per miracolo, mi creda... La prego, non gli venda nulla, neanche un pasticcino...

La parola «pasticcino» aveva allagato di benevolenza gli occhi di Carla, che s'era messa a seguire con interesse la conversazione.

– ... sono disposta a versarle un piccolo mensile per il suo disturbo: capisco che questo è il suo lavoro, se si mettesse a farsi carico dei problemi di tutti quelli che entrano qui...

Caterina non aveva voluto saperne: niente denaro. Salvare la vita del signor Augusto sarebbe diventata per lei una specie di missione. La scaltrezza di un ottuagenario, però, miscelata alla tenerezza che l'età avanzata è capace di suscitare negli animi gentili, era una prova molto impegnativa per le tre amazzoni, che avevano dovuto definire strategie ben precise per respingere gli attacchi del vecchio

38

ghiottone. Shu faceva cenno di non capire quello che le veniva chiesto e il discorso si chiudeva lí. Carla, invece, qualunque dolciume le fosse indicato dall'anziano, rispondeva: «Mi dispiace, è tutto prenotato per un rinfresco…» Caterina non sapeva mentire a tempo indeterminato, cosí preferiva parlare fuori dai denti: è venuta sua figlia, mi ha detto cosí e cosí, quindi non posso servirle «assolutamente» nulla. Un caso di obiezione di coscienza: si può essere d'accordo o meno, comunque è un atteggiamento che merita rispetto.

Quella mattina, Augusto entrò in pasticceria ostentando innocenza e totale trasparenza d'intenti. Salutò le signore col garbo di un'altra epoca, sciarpa al collo e cappello in mano.

– Buongiorno, mie care…

– Buongiorno, signor Augusto, – replicò Caterina, sorridente. Gli assediati non devono mostrare paura e nervosismo, quando parlano dai bastioni col nemico.

– È uscito a fare una bella passeggiata… ottima idea, oggi c'è un'aria cosí tiepida, quattro passi le faranno bene… – disse Carla: parlare della sua salute avrebbe certo smontato le intenzioni malsane, cosí come chiedere dei figli scoraggia la corte serrata di un uomo sposato.

– Eh no, sono qui per una commissione… sapete come si comportano con noi anziani, approfittano del fatto che abbiamo tempo a disposizione e ci fanno rimbalzare da una parte all'altra come palline da tennis… mi manda mia figlia, ha ospiti per cena… devo prenderle un bel vassoio di paste…

Settimane di astinenza avevano spinto il signor Augusto a congegnare un piano ardito e pieno di rischi.

– Ho visto un paio d'ore fa sua figlia, non mi ha detto niente… – rispose Caterina, dopo un breve attacco di mutismo. Quando bluffi, però, devi aspettarti il contro-bluff.

– Deve averla scambiata per un'altra, mia figlia oggi è a Viterbo per lavoro… – Il veterano aveva progettato quel disegno criminoso a lungo, studiando i dettagli e limandoli con cura. Carla e Shu rivolsero lo sguardo alla loro principale, in attesa di un colpo di genio.

– Sua figlia è una cliente affezionata, non voglio darle paste che abbiamo preparato ieri o l'altro ieri... facciamo cosí: piú tardi mettiamo su una nuova infornata, mi dica quante ne vuole, le consegno io a casa di sua figlia ancora calde...

Il crimine non paga e non incide sui valori della glicemia, questo stava imparando a sue spese il signor Augusto. Buttò un'occhiata alle commesse in un'ultima disperata ricerca di solidarietà, poi passò in rassegna i plotoni di dolci schierati nei vassoi metallici, dietro la cortina insormontabile delle vetrine. Shu incappò nella tagliola della compassione e indirizzò a Caterina uno sguardo che diceva: «Una pasta sola... piccola piccola...» Ottenne una risposta che non lasciava scampo e abbassò gli occhi, avvilita. Il signor Augusto, non avendo bandiere bianche da issare, si infilò la coppola sul cranio calvo.

– Beh, adesso che mi ci fa pensare, mia figlia non mi ha detto quante paste voleva... sta sempre con la testa tra le nuvole... magari piú tardi le telefono e mi faccio specificare bene... no?

Lo sconfitto intrecciò le braccia dietro la schiena e tolse il disturbo, perché, superata una certa età, si ha spesso l'impressione – non del tutto infondata – di essere un fastidio per gli altri. Carla allargò le braccia e il lavoro riprese.

Quella sera Caterina passò a trovare Giulia.

La versione ufficiale era che faceva visita a Stefania, l'amica per il cui compleanno aveva preparato la strana torta a tre gusti, che di Giulia era la madre. Da mesi, però, la pasticciera stava in pena per quella ragazzina di quindici anni, che passava le sue giornate in casa, ascoltava musica in cuffia, non vedeva quasi nessun coetaneo e, soprattutto, si rifiutava di andare a scuola. La madre aveva alzato la voce, l'aveva blandita, minacciata, pregata, lusingata e, alla fine, portata prima da uno psicologo e poi da uno psichiatra. Il medico aveva ascoltato un copione già sentito tante volte: padre latitante da anni, buon rendimento scolastico, lenta caduta nell'apatia e nell'isolamento. La diagnosi consisteva in una brutta parola, di quelle che la gente non vuole pronunciare perché fanno paura. L'idea che una persona cosí giovane sia depressa ci ripugna, non siamo disposti ad accettarla senza cercare altrove delle responsabilità.

– Lo psichiatra ha detto che potrebbe trattarsi di un problema fisiologico... ha parlato di neurotrasmettitori... le ha segnato dei farmaci, ma Giulia non vuole prenderli, non c'è niente da fare... – Stefania parlava lentamente, a voce bassa, guardando il pavimento.

– Deve tornare a scuola, perderà l'anno... – fece presente Caterina.

– Non ne vuole sentir parlare. Ieri ci ho provato, a portarcela: quando ha capito dove stavamo andando, ha aperto lo sportello dell'automobile, voleva scendere in corsa –. Stefania continuava il suo colloquio col tappetino della cucina. Porse un bicchiere d'aranciata a Caterina, che non lo prese. Cosí, l'abbandonò sul tavolo.

– Posso vederla? Le ho portato una cosa...

Stefania l'accompagnò davanti a una porta chiusa. Caterina bussò, nessuno le diede il permesso d'entrare e se lo prese da sola. Giulia era seduta sul letto. Sulle pareti un paio di quadri, il poster di un gruppo musicale, una foto di classe in cui molti ragazzi sorridevano, non lei.

– Ciao tesoro... ieri su una bancarella ho visto questa, ho pensato che magari ti sarebbe piaciuta... – Caterina tirò fuori una maglietta da una busta di plastica marrone. Era gialla e sul petto aveva l'immagine di un tucano nero col becco rosso, un'esplosione di colori per imbrattare il grigio nella testa di Giulia, un indumento che solo una creatura disposta a ridere per delle sciocchezze, ascoltare canzonacce a un volume da stordimento, infilare la lingua in bocca a un amorino brufoloso e studiare il meno possibile sarebbe stata disposta a indossare.

Indossarla equivaleva ad ammettere di voler ancora somigliare a una creatura del genere.

L'adolescente guardò la maglietta, poi il volto di Caterina, poi di nuovo la maglietta.

– Grazie.

Che bella età spensierata.

Arriva un momento in cui percepisci con chiarezza i confini delle tue possibilità, il limite oltre il quale le occasioni che la vita ti offre non potranno spingersi. Questa frontiera è delimitata da un muro di vetro che, all'inizio, non riesci a vedere. Sei molto giovane e credi che potrà accaderti di tutto, fondare il nuovo colosso dell'informatica o morire di stenti in un vicolo vicino alla stazione. Cosí ci sbatti contro il muso un po' di volte, come succede con la porta trasparente di un grande magazzino quando sei distratto. Poi cominci ad accettarlo e a farci attenzione. Centrerai degli obiettivi, certo, le cose forse andranno a gonfie vele, ma ci sarà sempre, in qualche angolo, una linea tracciata per terra che, per quanto ti sforzerai, non potrai oltrepassare, neanche dannandoti l'anima o giocando sporco. In Italia il tuo cd venderà cinque milioni di copie, ma già a Chiasso non sapranno chi sei. Si tratta del calmiere ben studiato che un'Entità Superiore ha posto sul capo di noi tutti perché ci comunichi, quando è il caso: «No, questo no!»

L'attimo in cui inizi a distinguere con chiarezza questa soglia coincide con il raggiungimento della saggezza. O della rassegnazione, dipende dai punti di vista.

Caterina, purtroppo, quel muro di vetro lo prendeva ancora in faccia, di tanto in tanto.

Con il passare degli anni, insieme a qualche dolorino e al calo delle diottrie, si presenta anche il malanno piú fastidioso di tutti, la domanda: «Che cosa ho costruito, nel corso della mia esistenza?» La pasticciera, che era una donna lungimirante, aveva già cominciato a porsela, e la risposta che si dava non le piaceva per niente.

Un pomeriggio si ritrovò a fissare gli ingredienti del Montblanc atipico che le era stato commissionato, senza la volontà di mettersi in moto per assemblarli. Sembrava una riunione sindacale: Caterina, i marron glacé e le meringhe riuniti intorno a un tavolo, con aria svogliata, privi della minima idea su come risolvere il problema. L'unica presenza umana di quella riunione dimostrò la sua superiorità sulle altre specie alzandosi e andando ad accendere la radio.

L'apparecchio si mise a cantare, era un vecchio brano che Caterina non sentiva da tanto tempo, da quando ancora diciottenne l'aveva ascoltato insieme a un certo Nicola, di cui era innamorata in maniera virulenta. Si trovavano sulla spiaggia, c'era la luna e quella musica nell'aria. Baciarsi era un dovere, se non volevano sprecare una cornice cosí scenografica. La storia durò un paio di settimane, ma nella memoria di Caterina il rudere di quel ricordo continuava a essere circondato dall'alone di un fascino infrangibile. Quando sentiva il bisogno di un po' di sentimentalismo al taglio, come la pizza, rievocava sempre quel bacio, e ora la commemorazione era resa vivida e luminosa dalla colonna sonora piú appropriata che si potesse immaginare.

Il cantante assicurava in inglese alla donna che amava che lei gli piaceva esattamente com'era e, benché a nessuno piacciamo mai esattamente come siamo, Caterina faceva finta di crederci e si cullava, immaginando svenevolezze che non avrebbe mai osato confessare in pubblico.

Il sax andava sfumando, dopo aver avuto un ruolo da protagonista nella melodia. Oggi è difficile ascoltare l'assolo di un sassofono, nell'arrangiamento di un motivo di successo, tanto quanto è raro vedere per strada un cocker al guinzaglio. Tutto passa di moda, pure il suono rauco di uno strumento musicale e un quadrupede credulone che pensava gli fossimo amici.

Una voce maschile che Caterina aveva già sentito cominciò a parlare, come se riprendesse un discorso appena interrotto. Diceva che non bisogna porsi troppe domande, né tirare bilanci azzardati.

– ... i tempi che viviamo somigliano a un piano regolatore degli anni Settanta... si può costruire sempre, un'edificabilità senza confini. Gli uomini e le donne non hanno la scadenza come le mozzarelle... non ti piace il lavoro che fai? Può darsi che inizierai a farne un altro piú gratificante dopo che sarai andato in pensione... non hai trovato ancora il grande amore? Resisti...

Gianfranco entrò nel laboratorio, marron glacé e meringhe fecero finta di nulla, Caterina spense la radio e lo salutò, mettendoci tutto l'impegno e le buone intenzioni di cui era capace.

– Ne hai ancora per molto? Ti ricordi che stasera andiamo a cena da mia cugina?... Hai tagliato i capelli?

– Sí, questa mattina...

Gli uomini in genere non si accorgono mai di queste piccole operazioni femminili di restauro, e le donne si lamentano della loro disattenzione. Esiste però un'eventualità ancora peggiore.

– Stavi meglio prima.

Delicato come al solito, il vice commissario aveva espresso il suo parere. Si aspettava che Caterina lo ringraziasse per il prezioso suggerimento. La pasticciera invece aveva già convocato l'unità di crisi all'interno del proprio cuore, tutte le sue incertezze stavano convergendo sul luogo del disastro. La situazione assumeva sempre piú i contorni di un'emergenza.

– Ne ho ancora per una mezz'ora, poi ti raggiungo...

In realtà, avrebbe potuto mollare tutto lí e uscire al braccio del suo ufficiale degli Ussari, ma era furibonda: anche la schiettezza, quando diventa integralismo, può essere rovinosa.

Tornò a sedersi davanti alle sue meringhe e ai suoi marron glacé e schiacciò il pulsante, donando di nuovo vita alla sua radio.

– ... sei bella, sei molto bella, sei bella comunque, pure contro la tua volontà... addirittura calva saresti bella, ti troverei attraente anche con un'ascella sulla schiena. Sei bella con i capelli biondi, rossi, variegati alla crema, con la chioma in ciniglia, con un cespuglio di radicchio piantato sul cranio. Sei bella e, come succede ad ogni bellezza che si rispetti, non tutti sono in grado di vederla...

La voce ammutolí e una nuova canzone evase dal piccolo cubo di plastica per dileguarsi nell'aria.

«Chissà di chi parlava...» pensò Caterina. La musica la liberò dal sudario di autocommiserazione nel quale si stava lasciando avvolgere. Il testo parlava di un amore indissolubile, senza tempo né pudori capaci di frenarlo. Nello sguardo di Caterina guizzò un sorriso, un piccolo pesce rosso dentro la boccia di cristallo dei suoi occhi.

Per dieci giorni, mesi prima, Caterina aveva avuto in negozio un viavai di cinesi che sarebbe parso eccessivo anche in piazza Tienanmen. La ringraziavano tutti, inchinandosi e porgendole regali a due mani. Erano parenti di Shu, grati a Caterina per aver preso alle sue dipendenze il loro caro scoiattolo. Le foto che la ragazza le aveva mostrato raffiguravano i congiunti rimasti in Cina, ma esisteva anche una nutrita filiale italiana.

– È un piacere per me... è un piacere per me... – continuava a ripetere paziente la pasticciera, una filastrocca ossequiosa che non sapeva come interrompere. Provò a parlare con la sua commessa perché bloccasse quell'andirivieni, ma ebbe la sensazione che neppure lei fosse in grado di farlo.

Poi, di punto in bianco la processione finí, e Caterina si convinse che la famiglia di Shu era una miniera ricca ma non inesauribile. Finché un giorno, settimane dopo, un giovane dai tratti orientali si presentò al suo cospetto, tutto pulito e ordinato come chi vuol fare una buona impressione. «Un cugino in ritardo...» pensò. L'uomo, che padroneggiava la lingua italiana meglio di molti nostri commentatori sportivi, disse di chiamarsi Liang e di voler sposare Shu. Caterina si rallegrò con lui per l'ottima scelta e gli fece i migliori auguri di un futuro felice.

– Lei quindi non è contraria? – chiese esitante Liang, cui la pasticciera, involontariamente, aveva arroventato la speranza.

47

– Perché dovrei essere contraria? E poi io che c'entro?
– Lei è il suo tutore, no? Fu subito evidente che sotto c'era un equivoco, adesso bisognava capire chi avesse piantato quel tubero nell'orticello di Caterina.

– Shu lavora con me… io sono soltanto la sua datrice di lavoro e una sua amica, tutto qui, non ricopro altri ruoli…

Liang aveva un grande ristorante, il piú rinomato della città tra gli amanti del cibo cinese. Era ricco, stimato, ben inserito nel Paese straniero che lo ospitava, scapolo e straripante di ormoni a cui voleva procurare un'occupazione stabile, onesta e decorosa. Appena vista Shu, se ne era innamorato e subito, da persona seria, s'era offerto come marito. La ragazza aveva ringraziato, chiarendo però che, essendo morto il padre, non poteva concedersi senza il benestare del suo tutore, cioè Caterina, che a sua volta decise di non sconfessare la sua dipendente senza prima averle chiesto una spiegazione.

Il successivo colloquio con Shu fu uno dei piú riusciti esperimenti messi in atto dalla specie umana per superare l'incomunicabilità tra i popoli. Alla fine, e con grande fatica, Caterina apprese che la commessa, non riuscendo a stabilire se Liang le piaceva o no, aveva preferito prendere tempo, inventando quel curioso patrocinio.

– Adesso io che dovrei fare? Cosa vuoi che gli dica, quando si ripresenterà?

Shu appariva granitica nella sua indecisione: non voleva perdere quel corteggiatore cosí gratificante, ma neanche assumersi la responsabilità di una scelta.

– Affidiamoci al caso, lanciamo una moneta! – propose Carla, ma la sua mozione venne archiviata con biasimo dalle altre due. Caterina provava tenerezza per Shu, come per tutti quelli che non sanno prendere una decisione. I dubbiosi sono una stirpe screditata e discriminata: coltivare l'immagine di chi ha tutto sotto controllo sembra la forma di giardinaggio piú diffusa, in questi ultimi millenni.

48

«In qualche modo faremo», pensò la pasticciera, versione laica del piú spirituale «Che Dio ci aiuti».

Quella sera, finito il lavoro, Caterina tornò a visitare Giulia. Trovò sua madre intrappolata in una preoccupazione che la rendeva quasi catatonica.
– Sta regalando le sue cose, – diceva.
Caterina non comprese subito quale fosse il significato che Stefania attribuiva a quel comportamento. Ebbe paura di chiedere spiegazioni e le due amiche rimasero in silenzio.
– Che vuoi dire? – capitolò alla fine.
– Che ha intenzione di andarsene.
– Scappare di casa? Per andare dove? – Stefania non rispose e Caterina, all'improvviso, inorridí. Succede, quando ci si accorge che la propria ingenuità è sconfinata nella dabbenaggine.
– Uccidersi? È questo che pensi? Ma no, no... Giulia sta vivendo un momento difficile, però è una ragazza sana, non farebbe mai una cosa del genere...
La madre grattava con l'unghia dell'indice il centrino sul tavolo, come fosse incrostato dalle sue ansie e lei volesse raschiarle via.
– Ha regalato un maglione, dei libri, uno zaino...
– E allora? Magari vuole fare un po' di pulizia –. Caterina cercava di convincere se stessa, prima ancora di Stefania.
– Lo psicoterapeuta nuovo dice che sono segnali da tenere d'occhio...
La pasticciera si ascoltò parlare per alcuni minuti, incoraggiare, fornire garanzie senza esserne in grado. Non sarebbero accaduti fatti dolorosi, nessuno avrebbe pianto, quelle persone che amava avrebbero riguadagnato la serenità. Non era disposta a patteggiare un epilogo diverso.

Rientrare e trovare la porta di casa spalancata ci mette di fronte a un piccolo ventaglio di congetture, il cui ordine d'apparizione è determinato dal nostro atteggiamento nei confronti della realtà. Se sei ottimista penserai che s'è trattato di una tua sbadataggine, se invece tendi al catastrofismo scommetterai su un furto.

L'unica cosa che non bisognerebbe mai fare, a prescindere dal carattere, è varcare la soglia come se niente fosse: esattamente ciò che fece Caterina.

– Vittorio! – chiamò, indugiando per qualche istante nell'ingresso. Il fratello però era a Milano, cosí le aveva detto, sarebbe tornato il giorno dopo. S'inoltrò nell'appartamento, incurante della possibile presenza di ladri, stupratori e criminali psicopatici.

– Non dovevi entrare, ricordatelo per il futuro... – le disse in seguito Gianfranco, prospettando, per le rapine in casa della sua compagna, una periodicità simile a quella dei rotocalchi. – La prossima volta abbandona immediatamente il palazzo e chiama i carabinieri... – Si accorse subito dell'errore madornale. – Chiama la polizia... – si corresse ancora. – Insomma, chiama me, chiamami e basta!

L'abitazione, per fortuna, non aveva subito alcun saccheggio, i cassetti dei mobili erano stati aperti ma i pochi oggetti di valore, cornici in argento e qualche soprammobile, non erano stati trafugati. L'unica stanza sottosopra era quella di Vittorio.

– Chissà cosa pensavano di trovare... – commentò Gianfranco e versò nella frase, con estrema attenzione, un misurino di disprezzo («Quanto basta», avrebbero specificato in una ricetta di cucina). Invitò Caterina a raggiungerlo in commissariato per sporgere denuncia contro ignoti: fu quello il culmine della sua attività investigativa.

La sera stessa, la pasticciera ebbe la riprova della scarsa propensione alla solitudine delle disgrazie.

Cercava di concentrarsi sulla preparazione di una teglia di biscotti, quando nel negozio entrarono contemporaneamente Liang e il signor Guidotti. Il secondo venne avanti, lasciando il giovane cinese e la sua modestia ad attendere sulla porta.

– Ho saputo quello che è successo... mi dispiace, mi dispiace tanto...

– Grazie Ernesto, sei molto gentile...

– Balordi... sanno che c'è una donna sola in casa e ne approfittano... mascalzoni... – La spudoratezza di un tabaccaio innamorato non conosce limiti. Il codice segreto, criptato nella sua frase, comunicava a Caterina: «Se ci fosse un uomo al tuo fianco, un uomo vero, sempre presente, capace di proteggerti e di vendere valori bollati per il tuo benessere, potresti vivere serena, abbandonarti a lui senza piú preoccupazioni se non quella di scegliere dove andare in settimana bianca». Ma anche l'allusione piú esplicita manca il bersaglio, se questo si muove di continuo.

– Non è successo nulla... solo un po' di confusione in casa –. Come c'era da aspettarsi, Caterina rispondeva con la tenerezza di un bollettino dei naviganti.

– Dovresti far montare un buon antifurto come il mio... ho un amico che può farlo, è il piú bravo... se vieni da me te lo faccio vedere, il mio antifurto, ha una centralina semplicissima da usare... – Ernesto non era un erede di Casanova, in fatto di argomenti seduttivi. La conversazione cadde rovinosamente, precipitò con un tonfo al centro della pasticceria. Non saper piú cosa dire e scorgere negli occhi di lei un disinteresse totale: ecco i sintomi evidenti di un lampante insuccesso amoroso.

Il signor Guidotti, dopo aver frugato alla cieca nel suo estro limitato, decise che la situazione era insostenibile e, con la respirazione accelerata di un cane da caccia, salutò e uscí dal negozio.

Rimaneva un solo sfidante alla tranquillità di Caterina e si stava tormentando le mani vicino al frigo delle torte. Dato che non si decideva ad avvicinarsi, fu lei a prendere l'iniziativa. Come Ercole giunto alla dodicesima fatica, pensò: «Togliamoci pure questa».

– Signor Liang, posso fare qualcosa per lei?

Se fosse stato un poeta sdolcinato, Liang le avrebbe risposto: «Puoi decidere la felicità dei miei giorni a venire, cospargere di petali di rosa la dura salita delle mie ore, mutare in ambrosia l'amaro veleno che sorseggio ogni minuto in cui lei mi è lontana», ma si limitò a sorridere e a fare qualche passo verso Caterina.

– Mi perdoni... – le sussurrò.

– Almeno mi fornisca una colpa per cui perdonarla, – replicò decisa la pasticciera.

– Io non vivo piú... sono spiacente, spiacente, tanto spiacente, non voglio essere un fastidio... solo... volevo sapere se lei, gentile, gentilissima signora Caterina, ha preso una decisione... – Liang rimase in attesa, con la testa bassa e le dita delle mani che s'intrecciavano tra loro come vimini.

Era troppo. Un'intrusione misteriosa, la ramanzina di un fidanzato tiepido, un corteggiatore avvoltoio la cui unica sirena ammaliatrice era quella di un antifurto, adesso anche il pressing di uno sconosciuto che aveva percorso migliaia di chilometri per ottenere da lei una ruffianata: Caterina cominciava a essere stanca. Pure le seccature dovrebbero avere un po' di buon gusto e non esagerare.

– Non ho nessuna decisione da comunicarle... non conosco affatto le vostre tradizioni, ne ho il massimo rispetto ma, in tutta sincerità, le trovo molto antiquate. Comunque, quando avrò qualcosa da dirle, lo farò... Immagino che Shu abbia i suoi recapiti... – L'imbarazzo del primo incontro con Liang era stato sostituito da una chiarissima irritazione. Il poveretto, venuto a farsi mortificare da cosí lontano, si scusò di nuovo, farfugliando e inchinandosi di continuo. Quando uscí dalla pasticceria, Caterina pensò che per quel giorno poteva bastare.

Tornata a casa si mise a pulire dappertutto, spazzò per terra, lavò pavimenti e vetri, una furia purificatrice intenta a cancellare dalle stanze i segni dell'inspiegabile scorreria. Non si fermò fino alle due di notte, poi si sedette davanti alla finestra. Fuori di lí s'aggiravano milioni di atomi di felicità e infelicità, incontrandosi, affrontandosi, cercando di resistere o di trasformarsi. Magari anche lei sarebbe entrata a far parte del gruppo, un giorno o l'altro.

La mattina seguente Caterina si alzò piú tardi del solito, in casa c'erano solo lei e il suo senso di colpa per non essere ancora andata al lavoro. Si diresse in cucina lentamente, preda di quell'ottundimento dei sensi che solo indossare il pigiama in pieno giorno riesce a trasmettere. Aprí la porta e provò il piú grande terrore della sua vita. Gridò e rimase immobile. Una figura stava seduta vicino al tavolo, avvolta nel buio.

– Sono io –. Nella frase, priva di punto esclamativo, Caterina riconobbe la voce di Gianfranco. Accese la luce e se lo trovò di fronte.

– Scusami. Sono qui da un po'. Dormivi e non volevo svegliarti.

– Cos'è successo?

Lui la guardò silenzioso, con aria grave. La sua espressione aveva un'intensità da cinema muto. Continuò a non parlare, ma nessuna didascalia apparve sull'inquadratura per supplire alla mancanza di battute. Cosí, Caterina fu costretta a insistere.

– Gianfranco, che succede?

Gianfranco sospirò e si guardò intorno, con l'atteggiamento di chi è a conoscenza di una cosa importante ma vuole fare la manfrina prima di dirla.

– Probabilmente s'è risolto tutto. In qualche modo c'era da aspettarselo –. Chiaro come l'uomo invisibile in una serata nebbiosa.

54

– Che vuoi dire? Parla! – Caterina respirava a bocca aperta, senza dubbio aveva vissuto risvegli migliori.

– Il fatto m'è sembrato strano immediatamente, d'istinto... non riuscivo a far quadrare tutti gli elementi... però è stata solo questione di tempo... non faccio mica questo lavoro da una settimana...

Mentre il vice commissario si faceva i complimenti da solo, Caterina sentí la smania irrefrenabile di afferrare un oggetto qualsiasi e colpirlo ripetutamente fino a lasciarlo esanime a terra. Un istinto che si manifesta in tutte le coppie, prima o poi, anche in quelle piú affiatate. La pasticciera tenne la bocca chiusa, determinata a non dare ancora piú soddisfazione al suo carnefice.

«Vuoi giocare a Poirot, imbecille? – pensò. – Per me va bene...»

L'uomo si drizzò in piedi e andò a caricare la caffettiera, lentamente.

«D'accordo, andiamo avanti cosí...» disse tra sé Caterina.

Non sentendosi piú braccato dall'apprensione di lei, Gianfranco perse interesse per quel traccheggio.

– Mi è subito venuto in mente che poteva esserci un nesso tra l'effrazione – come gli piaceva usare termini da verbale! – e un certo avvenimento...

Ecco dunque che ricominciava.

– Vuoi che ti chieda quale avvenimento? – replicò Caterina, cercando a fatica di rimanere calma.

Il poliziotto si voltò verso di lei, ma non seppe rinunciare a una pausa drammatica.

– L'arrivo di tuo fratello, – si decise a dire Gianfranco, mentre il caffè passava.

– Cosa c'entra mio fratello?

– Non è venuto via da Udine per motivi di lavoro, come ci ha fatto credere. È scappato.

Gianfranco rimase a guardare l'effetto delle sue parole sul volto di Caterina.

– Come «scappato»? Perché?

– Voglio che resti calma... mettiti seduta, tranquilla, ti verso una tazzina di caffè...

– Parla! – esplose finalmente la stremata vittima della prolissità del questurino.

– Tuo fratello...

– Ha un nome, si chiama Vittorio... chiamalo Vittorio!

– Vittorio ha sottratto del denaro... molto denaro all'azienda in cui lavorava. Ecco perché è venuto via da Udine...

Caterina ascoltava e si sentiva vuota, quell'effetto uovo di Pasqua che tutti abbiamo conosciuto, in situazioni analoghe.

– In che senso «sottratto»?

– L'ha rubato, cara.

Questa volta a consigliarle di sedersi non fu il vice commissario ma le sue gambe.

– Lavorava in un'azienda vinicola, ha fatto sparire trecentomila euro... c'è una denuncia del proprietario...

– Potrebbe non essere stato lui... – Non era una grande arringa difensiva, ma almeno veniva dal cuore.

– Tuo fratello è latitante da giorni... solo tu sai dove si trova. Tu... e io.

– Ma perché l'avrebbe fatto?

– Per motivi economici, è ovvio –. Caterina era talmente preoccupata per Vittorio che il suo orecchio non riuscí a percepire la stupidità della risposta, quasi si trattasse di un fischietto a ultrasuoni per cani.

– E perché pensi che questo sia collegato al furto di ieri sera? I proprietari dell'azienda vinicola hanno sporto denuncia...

– È vero... non mi è ancora cosí chiaro il nesso tra i due reati... però sento che c'è un legame...

«E se non riesci a capire, perché parli?»: questa frase stava per tracimarle dalle labbra, prima che ancora una volta la paratoia del buonsenso la frenasse. Disse invece:

– Bisogna aiutarlo.

– C'è un solo modo di aiutarlo, – le rispose Gianfranco, accompagnando le parole con una carezza stucchevole.
– Quale?
– Lo devo arrestare.
La fiducia di Caterina si schiantò in fase di decollo.
– È meglio per lui ed è meglio anche per me... per noi...
Esistono delle locuzioni che non ci sembra possibile siano pronunciate nella vita reale, brevi frasi che, nel nostro immaginario, appartengono solo al linguaggio dei film o della letteratura. Una di queste è «Nella mia posizione...»: quando la incontriamo sulla nostra strada ci lascia increduli.
– Nella mia posizione, si tratta di una circostanza imbarazzante, immagino che tu lo capisca... entro l'anno dovrei essere promosso commissario. Ma lo dico pure per Vittorio... non può continuare a scappare...
Caterina annuí.
– Sí, è meglio che lo arresti.
Gianfranco si passò una mano tra i capelli, talmente crespi che le dita sarebbero potute rimanere impigliate.
– Ero sicuro che avresti capito. Adesso devo andare via per un paio di giorni. Tu non dirgli nulla, cosí rimane tranquillo. Quando torno, penso a tutto io.
Fecero colazione insieme, poi Caterina gli preparò di nuovo la valigia, mettendoci piú cura del solito. Rimasta sola, tornò a sdraiarsi sul letto: la posizione verticale le sembrava, al momento, un progetto presuntuoso.
Pensò a Vittorio, lo rivide ragazzo sulla vecchia moto Guzzi dello zio Franco, ricordò quando era entrato a casa e aveva annunciato alla famiglia che, contrariamente alle previsioni degli allibratori, era riuscito a diplomarsi. Ritrovò in lui tutta l'eccezionalità che attribuiamo alle persone a cui vogliamo bene. Pianse. All'inizio si sforzò, come quando ci s'induce il vomito, poi le lacrime iniziarono a scendere con convinzione, finalmente libere, dopo mesi di felicità imbalsamata.

La radiosveglia s'accese e Caterina sobbalzò, perché non l'aveva impostata. Stava parlando la solita voce.

– ... quando le cose vanno storte, non serve fingere dignità, il decoro non ha mai risolto nessun problema. Bisogna urlare, imprecare, maledire... magari poi ci si sente un po' meglio. Insomma, abbandonatevi alla compostezza soltanto dopo che vi siete scomposti un bel po'. Che il mondo lo sappia, che state male. Bagnate il cuscino di pianto, va benissimo... i cuscini servono anche a questo, sono gli oggetti piú comprensivi che abbiamo in casa... come si dice? «Disponibile come un cuscino»... e se non si dice, beh, si dovrebbe dire... dopo che ti sei sfogato, le cose cominceranno ad andare meglio... Non asciugare i tuoi begli occhi, lascia che si asciughino da soli... respira, assapora tutto il male che ti sta capitando, ingigantiscilo, addirittura... poi riportalo alle sue dimensioni naturali: ti farà meno paura. E pensa che non sei sola... non sei sola e qualcuno ti vuole bene... quindi stai tranquilla e rimettiti in piedi... d'accordo, Caterina?

Era l'ora di cena, quando riapparve Vittorio.

Caterina si trovava in cucina, perché da sempre il destino delle donne, mentre salvano il mondo, è badare che l'arrosto non si carbonizzi.

La serenità che il fratello sfoggiava appena entrato in casa era un oggettino placcato, non serviva morderla per capire che si trattava di una patacca. Aveva lasciato la sua piccola borsa da viaggio sul tavolo, dove sarebbe rimasta finché lei non l'avesse spostata.

– Com'è andata a Milano?

– Bene, bene, tutto bene.

Seguirono alcuni istanti di calma apparente, il silenzio veniva frantumato solo dal rumore sommesso della lavastoviglie.

– Gianfranco? – chiese Vittorio.

– È dovuto partire, giusto per qualche giorno –. Caterina versò dell'olio nella padella. – Quando torna, ti arresta.

Per almeno cinque minuti, Vittorio non capí cosa avesse detto l'unica parente stretta che gli rimaneva. Aveva sentito le sue parole, ma non le aveva decifrate. La guardò far rotolare i fiori di zucca nella pastella e poi immergerli nell'olio bollente.

– Ma cosa stai dicendo? – Non avendo la coscienza pulita, il suo stupore e il panico si somigliavano come gocce d'acqua. – Ho capito, ti va di scherzare...

– Appena torna, ti porta al commissariato –. Anche le alici e la mozzarella all'interno dei fiori di zucca rimasero col fiato sospeso.

– Te l'ha detto lui? – disse Vittorio con una voce che non era piú la sua.

– Già.

– Ma è un pezzo di merda... sei mia sorella! – Caterina avrebbe dovuto imbufalirsi, in fin dei conti si stava parlando del suo quasi marito. Eppure c'era un passaggio nell'affermazione del fratello che sentiva di condividere, l'appello a quella loro paradossale consanguineità. Gli raccontò anche della profanazione che aveva subito casa sua.

– Probabilmente cercavano i soldi che hai preso...

– Che cosa devo fare? – Come un pugile suonato, Vittorio si rimise alle decisioni del suo coach.

– Devi andartene di qui. Devi scappare, almeno per ora.

– Ma lui se la prenderà con te...

È molto raro che un problema della nostra vita cerchi di risolvercene un altro, eppure era esattamente quello che stava capitando a Caterina.

– Non preoccuparti di questo.

– Non mi chiedi perché ho preso quei soldi?

– Perché ti servivano, immagino –. Lei, ormai, non si aspettava piú di trovare qualcosa da salvare. Poi disse senza intonazione: – Sai dove andare?

Vittorio raggiunse il lavandino, aprí il rubinetto e lasciò scorrere l'acqua. Bevve, non aveva sete ma bisogno di guadagnare un po' di tempo. Però non c'erano molti modi di dire quello che doveva dire, quindi lo disse e basta.

– Vado a stare da Susanna.

Caterina non fu sorpresa e non fece domande. Lui invece si sentí in dovere di fornire una spiegazione.

– In questi giorni non sono stato a Milano, ma a casa sua. Abbiamo una storia, è appena cominciata...

Caterina avrebbe voluto fermarlo, prima che pronunciasse le parole «Lei mi fa star bene», ma non fu abbastanza rapida. Gli innamorati felici hanno una velocità d'esecuzione spaventosa.

– ... sono contento che adesso tu sappia tutta la verità, – continuò Vittorio, – a casa di Susanna forse riuscirò a ritrovare un po' di pace e magari lei conosce un buon avvocato che potrebbe darmi una mano...

Susanna doveva avere di certo qualche avvocato nel suo curriculum, pensò Caterina.

– Cosa dirai a Gianfranco? – rilanciò Vittorio.

– Che hai nasato il pericolo e ti sei dileguato –. Una frase da poliziesco americano, si disse Caterina mentre la pronunciava: anche nelle circostanze peggiori può scapparci un sorriso interiore.

– Non ci crederà, avrai dei casini per colpa mia...

Mentre Vittorio cadeva vittima di un'imboscata della propria coscienza, Caterina gli puntò contro uno sguardo acuminato. A ognuno le proprie rogne, è una questione di competenze.

– Prendi il tuo borsone e vai.

– Magari prima mangio qualcosa... – Il richiamo dei fiori di zucca è in grado di rimandare persino una latitanza.

– Vai!

– Ho della biancheria sporca... te la lascio?

La pasticciera decise di non accettare una preferenza cosí smaccata nei suoi confronti.

– Non preoccuparti, te la laverà Susanna.

Vittorio uscí di casa come un ladro, metafora che purtroppo, in questo caso, diveniva amaramente concreta.

Caterina rimase sola, con in grembo la sua delusione. L'unico vero familiare che le rimaneva era un malfattore, la sua sedicente migliore amica non le aveva detto nulla della relazione che aveva iniziato con lui, l'uomo che avrebbe dovuto amare progettava di arrestare suo fratello e di farlo con calma, quando fosse tornato, un lavoretto che, tra l'altro, avrebbe pure giovato alla sua carriera. Caterina sospirò: il reparto «Guai e Complicazioni» della sua fabbrica aveva accelerato la produzione.

Un negozio di pasticceria è come un pronto soccorso, non chiude mai. C'è sempre qualcuno che ha bisogno di una torta, di un vassoio di paste (o di pasticcini, direbbe Carla). Germoglia di continuo qualcosa da festeggiare, un compleanno, una ricorrenza assortita, un anniversario dimenticato da sanare con dei dolci ben confezionati. Quella mattina, però, Caterina decise che le emergenze potevano aspettare, le vetrine erano piene e non avrebbero notato la sua assenza, almeno per qualche ora. Carla e Shu rimasero a presidiare la postazione, mentre la loro principale salì in automobile per fare un giro fuori porta. La giornata era di quelle sfolgoranti, la statale lanciava segnali di seduzione e faceva promesse che sapeva di non poter mantenere.

Caterina guidava piano, teneva la destra e lasciava che l'aria fresca s'intrufolasse direttamente dal finestrino, mortificando il climatizzatore. Sapeva di vivere il brevissimo istante di silenzio che precede l'attacco fragoroso dell'orchestra. L'indomani Gianfranco sarebbe tornato, il suo mestiere era avere ragione e avrebbe ricominciato a esercitarlo, proprio come aveva fatto negli ultimi tre anni. Se lei aveva qualche difficoltà ad abituarsi a se stessa, lui invece si accettava con entusiasmo e stava comodissimo nei propri difetti.

Dopo una ventina di chilometri, il pensiero della città cominciò a essere un souvenir che prendeva polvere. Sul bordo della strada, una vecchia contadina vendeva frutta e verdura, seduta su una sedia di legno. Caterina accostò, comprò dei funghi porcini e ripartí. Era calma, sul viso aveva come scolpita un'espressione compiaciuta, quasi non dovesse tornare mai piú. Intorno a lei, tutto sembrava interessante: gli alberi, le case, le piccole vite delle persone che vedeva dal parabrezza. Accese l'autoradio. La musica di un'armonica si diffuse tra i sedili e sul cruscotto, note dalle onde lunghe come quelle che arrivano sulla spiaggia al tramonto, quando il mare è placido e t'invita a fare un tuffo, garantendoti che non correrai alcun pericolo.

Poi sentí la voce di lui.

– Ciao, Caterina.

Avrebbe dovuto essere spaventata, però non lo era. Solo un poco turbata, il cuore aveva accelerato il suo battito ma non troppo, somigliava a un tale che affretta il passo perché sta iniziando a piovere.

– Ciao.

Per un minuto sentí solo musica di sottofondo.

– Hai fatto bene a prenderti qualche ora per te. Il tempo è magnifico.

– Come fai a saperlo?

– Sento il profumo dei pini nell'aria.

In effetti il profumo c'era, bisognava solo respirare a fondo per rendersene conto.

– Chi sei?

– È complicato...

– Da dove stai parlando?

– Da dentro la radio.

Caterina spense. Stava accadendo un fatto inspiegabile, come del resto gran parte delle cose che ci capitano quotidianamente: litigare a un incrocio e prendersi una coltellata per una precedenza o fumare sapendo che ci fa male, in fondo, non sono comportamenti piú logici che dialogare con una voce misteriosa. Caterina riaccese.

– Che vuoi da me?

63

– Starti vicino, parlarti, sapere quello che pensi: se ti piace l'aceto nell'insalata e se trovi irritanti quelli che continuano ad aggiustare la tapparella mentre gli parli di un tuo problema... e magari ti dicono: «Parla, parla che ti ascolto!»... La verità è che mi piaci tanto... in modo sconsiderato, direi. Se tu fossi una santa ti porterei in processione, se tu fossi un trumeau del Settecento mi svenerei pur di comprarti. Da quando so che esisti sono il piú felice tra gli uomini infelici.

– È uno scherzo? Qualcuno mi sta facendo uno scherzo?

– Non lo permetterei.

– Come ti chiami?

– Non lo so. A te, come piacerebbe che mi chiamassi?

Caterina spense di nuovo.

Allucinazioni uditive: la pasticciera sapeva che esistevano, s'era documentata dopo che quella voce si era rivolta a lei la prima volta. Era un sintomo d'instabilità mentale, di schizofrenia.

Anche Giovanna d'Arco affermava di sentire delle voci, ma la sua anomalia era la santità.

Decise di fare un nuovo tentativo e riaccese.

– Ti piacerebbe «Antonio»? – sentí distintamente.

Premette ancora una volta il pulsante e il display dell'autoradio tornò a oscurarsi. Vide un piccolo bar e fermò di nuovo la sua utilitaria. Seduti a uno dei due tavolini davanti a quel locale deprimente, tre uomini osservavano il viavai sulla statale. Rivolsero a Caterina degli sguardi densi come gelatina di mele cotogne, occhiate che costituivano già di per sé un reato.

Pure nel bar c'era la radio accesa e Caterina rimase immobile, con l'anima in trazione, bevendo piano un cappuccino e ascoltando se il nemico dava segno di sé.

Dalla cassa in mogano poggiata su uno scaffale, usciva a fiotti la spigliatezza di un disc jockey, che commentava con brio inesorabile il recente fidanzamento di una stellina del piccolo schermo.

– 'Sta zoccola, – fu la garbata critica con cui il gestore del caffè chiuse l'argomento.

Caterina abbandonò quel posto avvilente e, ignorando la seconda tornata di sguardi famelici, salí in macchina.

Le cose piú opportune da fare erano anche le piú caute: tornare verso casa, continuare a tenere la destra, lasciare la radio spenta.

Inspirò a pieni polmoni per cercare un poco di concentrazione. Percepí distintamente l'odore dei pini e le fu fatale. Mise in funzione la radio.

Un pezzo disco-dance straripò dall'apparecchio vicino al volante. Purtroppo le piaceva, quel coro in falsetto che cantava: dannandosi nel tentativo di misurare la profondità di un amore, in passato l'aveva fatta illanguidire piú di una volta, ed era capace di debilitare la sua razionalità fino a tramortirla del tutto. Canticchiò addirittura, ma si scosse subito, comprendendo – non senza fatica – che l'allarme non era cessato. Restò in silenzio, sul chi vive, casomai dal cespuglio di quella canzone fosse saltato fuori il pericolo di una voce.

Non accadde piú nulla, l'autoradio trasmise solo canzonette anonime, intervallate da spot pubblicitari.

I minuti sfilarono flemmatici, Caterina fece un giro piú lungo del necessario, sempre ascoltando con ipocrita disattenzione quello che usciva dal congegno parlante. Guardò fuori, telefonò a una vecchia zia e si fermò a fare un po' di spesa in un negozio biologico, dove una zucchina costava come un solitario. Si trattava di faccende che doveva sbrigare, piccole ineludibili incombenze, certo, che però servivano soprattutto a nascondere la sensazione che provava da quando il suo incredibile interlocutore s'era ammutolito. Delusione.

Quella Mimosa era un impasto di crema pasticciera, panna e disperazione.

Dopo una Sacher deforme, coperta pietosamente dalla glassa per nascondere una lievitazione sfortunata, Caterina aveva cercato di riscattarsi realizzando una delle torte che le riuscivano meglio, ma il risultato era stato modesto e lei stessa non riusciva a capacitarsene. Anche il grande chirurgo può sbagliare nell'asportare una verruca. Se nel mestiere che fai metti qualcosa di te, è difficile che poi non risenta del momento che stai attraversando. Il tavolo di un falegname, la giacca di un sarto, la torta di una pasticciera diventano dépliant della loro esistenza, delle felicità approssimative e dei tormenti occasionali.

Caterina depose la Mimosa nel frigo in cui aveva già stipato, quella mattina stessa, come in una piccola morgue, un Profiterole stortignaccolo e una Bavarese asimmetrica.

Mentre nel laboratorio sul retro si fabbricavano creature imperfette, in prima linea, al bancone, Carla e Shu cercavano di dare soddisfazione alle persone che aspettavano il loro turno.

A volte, il caso ci regala delle distrazioni provvidenziali sotto forma di avvenimenti imprevedibili.

Un uomo attempato, alto e signorile, avvolto in un cappotto spigato, espressione di un gusto démodé ma caparbio, chiese se poteva avere un vassoio di pasticcini. Carla alzò la testa, stupita solo per un istante: certo che poteva.

– Per quante persone? – domandò, mentre già iniziava a prendere i suoi favoriti con le pinze metalliche. Il cliente ebbe un'esitazione, si voltò a guardare fuori dal negozio. Quel gesto insignificante non sfuggí a Caterina, che aveva appena consegnato al Freddo la sua Mimosa. Istintivamente scrutò oltre la vetrina, sicura di vedere un figlio che attendeva parcheggiato in doppia fila, un cane legato a un palo, una moglie che chiacchierava con un'amica incontrata per caso.

Invece, per una frazione di secondo, vide il signor Augusto che si nascondeva dietro una grossa berlina sdraiata sul marciapiede.

– Mah... faccia per dieci! – rispose l'uomo con ritardo colpevole.

Dunque, non riuscendo a portare a termine la sua missione da solo, il signor Augusto aveva deciso d'ingaggiare un killer. Si trattava di un amico, probabilmente, o magari di un compare conosciuto al laboratorio di analisi, con gli stessi problemi di glicemia e l'identico desiderio di appagare bramosie infantili, aggirando il controllo dei familiari.

– Lascia stare, Carla.

La commessa, intenta a realizzare quel mosaico di pasticcini che sognava da tempo, lasciò franare il vassoio sul bancone.

– Noi non possiamo venderle nulla, – puntualizzò Caterina.

– Come? Ma stiamo scherzando? Io sono un cliente, ho il diritto di comprare quello che mi pare! – Dicendo queste parole, l'emissario del signor Augusto tirò fuori delle banconote dalla tasca del cappotto, ad avvalorare la legittimità delle proprie aspirazioni consumistiche. Infarcí la frase con sgomento e indignazione da filodrammatico, poi rimase a vedere che effetto faceva quella sparata sulla sua nuova nemica.

– Mi dispiace, ma lei non uscirà con dei dolci da questa pasticceria e sa bene il perché. Chiami i carabinieri, se crede.

Il povero prestanome, allora, fece qualcosa d'inaspettato: girò sui tacchi e scappò.

Gianfranco tornò quel pomeriggio.

Era del solito umore impenetrabile, un fruscio dietro la siepe difficile da interpretare: un merlo o un malintenzionato? Disse al telefono di sentirsi stanco e di voler andare a casa: poteva scusarlo se non passava a prenderla? Caterina perdonò volentieri il procrastinarsi di quell'assenza, lo avrebbe visto piú tardi o magari il giorno dopo. Uscita dal negozio, comprò una pizza surgelata e infilò il suo portone con l'aria sollevata del maratoneta che taglia il traguardo per trentacinquesimo, non piú interessato al piazzamento ma solo alla fine della fatica.

La fatica però non era finita.

Quando aveva parlato di «andare a casa», Gianfranco intendeva quella di lei. Caterina, quindi, se lo ritrovò allo stato brado nel soggiorno che riordinava documenti, dividendoli con cura dentro cartelle azzurre e grigie. Estenuata, lo guardò senza proferire parola, lui le andò incontro e l'abbracciò, non come si abbraccia la donna che incendia i nostri lombi, ma una conoscente che s'è appena laureata.

– Sono stanco morto, – ribadí, senza chiedere a lei come si sentiva. A differenza della propria, Gianfranco riusciva a sopportare benissimo la stanchezza altrui.

Si spartirono la capricciosa surgelata, il vice commissario non raccontò nulla della sua missione e Caterina gliene fu grata.

– Che novità? – sondò con circospezione lui.

– Nessuna, direi, – fu la risposta irritata di lei.

Aprirono la bocca esclusivamente per mangiare, Gianfranco ruppe il mutismo qualche secondo solo per lamentarsi della capricciosa che non aveva sopra i funghi come invece avrebbe dovuto. Il silenzio non conosce mezze misure, quando s'instaura all'interno di una coppia: o testi-

68

monia un'armonia perfetta, che non ha bisogno di parole, oppure una desertificazione irreversibile.

– Dov'è Vittorio? – Erano arrivati al punto, e prima di quanto Caterina s'aspettasse.

– Non lo so. Se n'è andato, – ribatté calma lei. Gianfranco posò la forchetta e le rivolse uno sguardo da poliziotto.

– Vuoi dire che non sai dove si trova tuo fratello? – Era l'inizio di un interrogatorio, cui la pasticciera decise di porre termine all'istante.

– Io lo so. Sei tu che non devi saperlo.

Com'era accaduto a Vittorio quando Caterina gli aveva comunicato le intenzioni del vice commissario, anche Gianfranco non comprese subito ciò che gli veniva detto.

– Ti sto dicendo che gli ho consigliato di scappare, – cercò di aiutarlo lei.

Il pubblico ufficiale si trovò all'improvviso davanti agli occhi un enorme tacchino argentato che recitava sonetti di Petrarca: qualcosa d'assurdo, di assolutamente inconcepibile.

– Mi stai dicendo che tu...

– Esattamente, – ribadí Caterina, scandendo le sillabe in maniera provocatoria.

– Tu non ti rendi conto di quello che hai fatto. Hai spinto tuo fratello a continuare nella latitanza!

– Almeno finché non trova un buon avvocato.

– Non capisci che cosí sei diventata sua complice? Mi stai mettendo in una situazione di grande imbarazzo!

Le ragioni del cuore e l'articolo 646 del codice penale si scontrarono con fragore nella piccola cucina di un appartamento nella periferia romana.

– Ho solo cercato di aiutarlo. So bene che dovrà rendere conto di quello che ha fatto. È giusto cosí. Ma quando sarà pronto ad affrontarlo.

– E non hai pensato a me? – Il tono di Gianfranco era severo e carico di una solennità grottesca.

– Certo... ho pensato che, se non te lo toglievo dalle

mani, non avresti avuto la minima esitazione ad arrestarlo come un delinquente qualunque!

– Ma lui è un delinquente qualunque!

– *Io* non dovrei essere una qualunque, per te!

Gianfranco ritenne che quella conversazione non avesse piú ragione di proseguire, si alzò dal tavolo e uscí di casa, lasciandosi alle spalle una matassa di tensione e una fetta ormai fredda di capricciosa.

Caterina rimase seduta per mezz'ora, immobile, con la testa tra le mani e il cervello che le presentava la lista dei clamorosi errori di valutazione commessi nel corso degli ultimi anni. Era una lista abbastanza lunga.

La stragrande maggioranza delle nostre aspirazioni vive compressa in spazi minimi e, come succedeva alle vecchie pellicole fotografiche, non vede mai la luce. Anni interi trascorsi a controllarsi, frenare, trattenersi, una collezione di giorni in libertà vigilata che quasi mai ottengono la grazia.

Caterina aveva il pericoloso desiderio di abbandonarsi alla speranza. Un lustro di delusioni non era riuscito a eliminarlo. Tornò in cucina e accese la radio.

– Come stai? – La domanda zampillò dall'apparecchio senza il preambolo di una canzone o di un bollettino meteo.

– Male. Sto male.

– Lo so. Lo sentivo e non potevo fare niente per aiutarti. Tu non accendevi mai –. Nella voce c'era apprensione.

– Sei un demone? – Una domanda figlia di due anni di catechismo in parrocchia e del ricordo di alcuni film horror.

– No.... non credo. Me ne sarei accorto, penso –. L'esitazione sembrava sincera: la voce aveva davvero considerato l'ipotesi.

– Allora come si spiega tutto questo?

– Non so cosa dire... è sempre stato cosí, per me.

– Ma tu... esisti? Hai una faccia, delle mani, un lavoro? Hai dei genitori, dei fratelli? Provi sentimenti, hai paura, soffri di cervicale... insomma, che cosa sei? – Caterina era disposta ad accettare qualsiasi risposta, purché servisse ad aggiungere qualche illustrazione a quel libro cosí incomprensibile.

– Provo spesso paura... e a volte pietà, anche per me stesso. Sento quello che senti tu, credo. Quando accendi la radio sono felice, passo il tempo ad aspettare che arrivi quel momento. Quando la spegni, piego il cuore in quattro parti e lo nascondo dentro una scarpa. A forza di ascoltarti, di percepire la tua vita da qui dentro, mi sono innamorato di te, bisogna che te ne faccia una ragione. Se quello che dico ti spaventa, mi dispiace, ma non posso farci nulla.

Caterina era interdetta. Siamo gente strana: troviamo normali le guerre e ci impaurisce una dichiarazione d'amore. Soprattutto, avrebbe voluto protestare e fare ricorso a del sano pragmatismo, se fosse stata capace di racimolarne un poco. Sapeva bene che nulla di tutto ciò che le stava capitando poteva essere vero, se ne rendeva conto perfettamente.

– Da dove trasmetti? – La voglia di conoscere la voce, però, era piú forte.

– Da qui dentro.

– Ma qui dentro dove?

La voce non parlò piú. La radio rimase muta per alcuni minuti, mentre la donna si sforzava di svolgere la piú difficile tra tutte le attività umane: cercare di non pensare.

Poi, dal parallelepipedo poggiato sul piano della cucina, venne fuori una canzone, bellissima e dolorosa. Una voce femminile giurava in portoghese che avrebbe amato il suo uomo sempre, e sempre piú a ogni distacco, e pianto per ogni sua assenza. Caterina non la conosceva ma le sembrava di averla già ascoltata un migliaio di volte.

– Spero ti piaccia. Ho scelto a gusto mio.

– Sei una carogna, – rispose la pasticciera.

– Un complimento, finalmente.

71

– Ma gli altri... possono sentirti? – Il genere femminile cerca sempre di capire, di comprendere a fondo, è un pregio che gli uomini gli rimproverano spesso.

– Gli altri... chi?

– Gli altri... il resto del pianeta, le altre persone... non ci sono mica solo io, sai... – Tentare di spiegarci il mondo: ecco un'altra prerogativa delle signore.

– Ah, certo... gli altri... lo so, lo so che esistono... fidanzati ottusi, amanti indifferenti, poliziotti sprovveduti... se poi si è fortunati, si può sperare di trovare tutto in una sola persona –. Nella voce c'era sarcasmo e risentimento. Caterina rimase stupita di un'allusione cosí diretta alla sua vita.

– Come ti permetti? – farfugliò.

– Riprova. T'è uscita fasulla, 'sta domanda, non sei credibile...

– Gianfranco è un'ottima persona, mi ha sempre aiutato a risolvere i problemi...

– Hai ragione. È talmente bravo, con i problemi, che li crea apposta per risolverli! – Un professionista della risposta pronta, senza dubbio.

– Credo che dovresti stare un po' piú al tuo posto. Ammesso che esista un tuo posto... – Stavolta il tono duro di Caterina era piú verosimile.

– È imperdonabile che tu stia con un individuo di quel genere.

– Sai cosa c'è d'imperdonabile? Che io stia qui, a parlare con un tipo arrogante alla radio che forse neanche esiste!

– Io esisto, esisto molto piú di quell'anima d'asfalto che fai entrare nel tuo letto! – La voce ormai stava urlando.

Sant'Iddio, quella era passione. Caterina non c'era piú abituata da anni.

– Vai via. Per sempre –. Spense la radio.

Si sedette di nuovo, sorpresa di sentirsi bene. Le fratture non fanno mai male subito, a caldo. Di lí a mezz'ora iniziò a mancarle l'aria, inghiottita integralmente dai suoi tormenti. Viveva ormai sotto vuoto spinto.

Una sola volta, durante il pomeriggio, ebbe la tentazione di parlare di nuovo con quell'irritante spiffero che fuoriusciva da un altoparlante, ma aspettò che le passasse. Aveva già respinto la cavalleria pesante e le truppe da sbarco. Per il momento, poteva bastare.

Il bar dove Susanna le aveva dato appuntamento incarnava tutto ciò che lei odiava in un locale pubblico: l'aspetto un po' snob dell'arredamento, la musica soffusa scelta con ricercatezza, l'impermeabilità dei camerieri ai tentativi dei clienti di attirare l'attenzione per ordinare.

Era già seduta da venti minuti a un tavolo, quando arrivò la matrona.

– Tesoro, – le disse l'amica, concentrando tutto in quell'appellativo. Indossava un vestito color cipria di lunghezza media, con una scollatura la cui presa visione era obbligatoria per gli sguardi maschili, come un cartello optometrico durante una visita oculistica. Caterina provò un vago senso d'imbarazzo.

– Ciao Susanna.

– Hai sentito che caldo? – fu la sorprendente replica della bionda.

– Come sta Vittorio?

– Bene bene bene bene –. E quei quattro «bene» alludevano alla sua nuova gestione del fratello, che – proprio come quella di un ristorante – può fare la differenza.

– Voglio dire... è preoccupato? – tentò di capire Caterina.

– Figurati! Ordiniamo sushi a domicilio tutte le sere.

Nessuna prova di serenità poteva essere piú schiacciante di quella, secondo Susanna.

– Credo che lui ti abbia parlato della necessità di trovare un avvocato in gamba, uno capace di tirarlo fuori dai guai...

74

– Oh, lo abbiamo già trovato! Ti ricordi Gardelli? Ma
sí... Gardelli! Una volta ci siamo incontrate al ristorante
e io ero a pranzo con lui... un tipo alto, un bell'uomo...
beh, lui mi ha detto che, quando Vittorio si sente pronto,
è dispostissimo ad accompagnarlo a costituirsi.

Ovvio: doveva esserci per forza un avvocato nel catalogo di quella donna, e sicuramente anche un medico, due
categorie che fanno sempre comodo.

– Grazie, Susanna, per quello che stai facendo... so
che vuoi bene a Vittorio, insomma, il modo in cui gli stai
vicina è molto importante per lui, in questo momento... –
Era un discorso confuso, Caterina s'era sentita in dovere
di farlo e l'aveva cominciato senza avere la minima idea di
dove sarebbe andata a parare. Per fortuna, Susanna la interruppe prima che la barchetta della sua logica andasse
alla deriva.

– Per me è una gioia! Tuo fratello è proprio un uomo
dolce... è difficile trovare un Capricorno tanto sensibile...

La pasticciera non era preparata a una rivelazione cosí
scioccante e cambiò argomento, come le succedeva spesso
quand'era in compagnia di quella carnosa sirena.

– Cosa ti ha detto l'avvocato Gardelli? Quanto rischia
Vittorio?

– Devo andare a trovarlo in studio... me lo stava dicendo al telefono, poi è entrato in camera da letto Vittorio e ho dovuto interrompere la telefonata... tuo fratello
è un cinghiale!

Le performance sessuali di un consanguineo sono ter-
ribilmente imbarazzanti da immaginare. Per fortuna arrivarono le consumazioni.

– Mi piacerebbe venire a trovarlo ma ho paura... potrebbero seguirmi.

– Ma dài... Non è un serial killer o un terrorista... è
solo un piccolo truffatore... – «Amore» forse era una parola grossa, ma la stima di Susanna per Vittorio era fuori discussione. – E poi, perdona la franchezza... se tutti

i poliziotti hanno la faccia da cretino di Gianfranco, non corriamo rischi! Senza offesa, eh!

La grossolanità, piú della prepotenza e della grettezza, riesce a disinnescare le nostre reazioni, lasciandoci stupiti e scoraggiati. Caterina non rispose nulla a quell'imprevisto inabissamento dell'amica nella cafonaggine, sentiva solo che chi è capace di dire una frase del genere senza curarsi dell'effetto che provoca possiede una forza primitiva e feroce. Susanna era un animale che potevi abbattere ma non ammaestrare.

Le due continuarono a chiacchierare, mentre la luce del giorno già non faceva piú brillare le vetrine.

– Ascolti mai la radio? – domandò come fosse normale Caterina. Susanna la guardò, sembrava non aver capito.

– Dico, la radio... ti piace ascoltarla?

– Ogni tanto... solo le canzoni d'amore. Quando c'è qualcuno che parla, cambio subito.... troppe parole mi scocciano. Mi piace quel pezzo... quel pezzo americano pieno di porcate... – Susanna iniziò a ricordare l'elenco di pratiche amatorie che il brano in questione snocciolava a tempo di funk. La pasticciera si guardò intorno, augurandosi che nessuno la conoscesse.

– Sí, sí, ho capito... quindi non t'è mai successo di sentire un tipo... un tipo simpatico, un po' strano... uno che quando parla... sembra proprio che parli a te...

– Te l'ho detto, sentire parlare alla radio mi annoia.

L'argomento era chiuso e con piena soddisfazione di Caterina. Qualsiasi cosa fosse quella voce, qualunque fossero le sue intenzioni, lei aveva l'esclusiva.

Susanna dichiarò terminato l'incontro al vertice e si alzò senza neanche accennare il gesto di estrarre una banconota dal portafogli, tanto era abituata al fatto che qualcun altro – un uomo, la maggior parte delle volte – pagasse per lei.

– Fammi andare, tesoro... Vittorio da solo non ci sa proprio stare... È come un bambino...

La bionda si dissolse nelle luci della sera, mentre Caterina tergiversava al suo tavolo. Tirò fuori dalla borsa un bel mucchietto di pezzi di carta, vecchi scontrini, ricevute di bancomat e carte di credito, foglietti di appunti, li strappò e li gettò in un cestino, liberandosi dei piccolissimi ruderi di un passato insignificante. Si chiese se Susanna fosse mai stata infelice, se avesse contemplato almeno una volta con orrore il panorama sgargiante dei suoi giorni, se avesse mai avuto l'impressione di essere deteriorata e inservibile, come una batteria dimenticata per anni dentro una torcia elettrica.

Ora però doveva tornare, era fuori da piú di tre ore.

Quando aprí la porta di casa, vide una luce provenire dal soggiorno. Gettò la borsa sulla cassapanca, afferrò un soprammobile e si diresse decisa verso il pericolo ignoto. Trovò Gianfranco che l'aspettava, seduto sul divano.

– Ciao.

– Ciao.

– Che ci fai con quel coso in mano?

Solo in quel momento la padrona di casa si rese conto che, se si fosse trovata di fronte un malvivente, lo avrebbe minacciato brandendo una statuetta di Pierrot Lunaire.

– Niente… non sapevo che saresti passato…. Ho visto la luce accesa e mi sono spaventata.

– Dovevo avvertirti, scusami.

Da quel momento in poi, mandare avanti la conversazione fu come caricarsi una lavatrice sulla schiena e portarla giú dal quinto piano. Gianfranco non voleva imboccare il viale delle scuse, era bravo nel farsi perdonare quanto nel cesellare a sbalzo una lastra d'ottone.

Non parlarono di quello che era successo durante le rispettive assenze, come se Gianfranco non si fosse mai allontanato per occuparsi della trasferta di un Ministro o di una banda di narcotrafficanti e Caterina non avesse mai avuto un fratello latitante che la teneva in pensiero. Mangiarono e videro un film in televisione. Al momento dei titoli di coda, Caterina si rese conto di aver trascorso due ore davanti a uno schermo illuminato, senza seguire la trama della pellicola un solo minuto.

– Non lo so... il cinema francese mi annoia, – fu la stroncatura del vice commissario.

– In effetti... – Poco interessata alla critica cinematografica di Gianfranco, Caterina si alzò per andare in cucina a lavare i piatti. Sentí il suo compagno aggirarsi per casa, andare in bagno e prepararsi per la notte. Se la prese comoda, impiegando, per pochi piatti e una padella, il tempo che sarebbe stato necessario per cancellare le tracce d'una tavolata di dodici persone.

Quando, dopo piú di mezz'ora, raggiunse la stanza da letto, trovò Gianfranco che si teneva tenacemente sveglio leggendo la cronaca nera di un quotidiano. Il suo piano sedativo era fallito. Andò in bagno e questa volta evitò di perdere tempo, tanto sapeva che non sarebbe servito. Infilò la camicia da notte, si lavò i denti e andò a rintanarsi sotto le coperte. Spense l'abat-jour sul suo comodino, dichiarando sommessamente «buonanotte» e voltando le spalle a quel signore che – stranezze della vita – condivideva il suo letto. Lui continuò a leggere: fosse andato avanti anche solo per una decina di minuti, la simulazione di sonno repentino inscenata dalla pasticciera sarebbe stata credibile. Invece, Gianfranco spense a sua volta la luce.

Passarono pochi istanti, poi Caterina sentí una mano sul fianco. Rimase immobile, giocandosi la vecchia carta della resistenza passiva. Gianfranco però si accostò ancora di piú e, dal contatto con il suo corpo, Caterina capí che aveva un progetto ben preciso, non originale ma di sicuro molto popolare da migliaia di anni. La afferrò per una spalla e la schienò, con un guizzo da leone marino le fu sopra e le infilò la lingua in bocca. Caterina non pensava a nulla, tentava di annullarsi nel buio, mentre calcolava che il tutto sarebbe durato una ventina di minuti.

Rivide la siepe di ginestra della nonna in Versilia e si preparò a essere invasa. Si aggrappò all'immagine della vecchia biciletta verde che usava per andare al mare. Stava per svolgersi uno dei tanti amplessi privi di ragione sociale – né passione, né interesse – che quotidianamente avvengono su questo pianeta, quando, all'improvviso, una musica a volume altissimo forzò le difese e s'impadroní della casa. Gianfranco si bloccò all'istante e sollevò la testa dal seno di Caterina.

– Che è? – chiese col tono di chi non sa fronteggiare la situazione.

– Non lo so –. Tra i gemiti e le paroline soffocate degli ultimi minuti, era la sua prima affermazione sincera.

Nessuno dei due sapeva cosa fare, vivevano il momento dell'apparizione mistica ai pastorelli, della comparsa dell'iceberg nella notte, del crollo improvviso del campanile, insomma tutti quegli avvenimenti di fronte ai quali si rimane a bocca aperta e basta. La prima ad alzarsi dal letto per affrontare l'emergenza, ovviamente, fu lei. I muri dell'appartamento tremavano, i decibel avevano afferrato per il bavero le pareti e le scuotevano. Era un classico del rock, la batteria picchiava duro e le chitarre minacciavano chiunque non fosse d'accordo con loro e chiedesse un po' di quiete.

Ben tre apparecchi radiofonici, quello in cucina, quello in soggiorno e il piccolo impianto stereo nello studio, s'erano messi a strillare assieme. Caterina si aggirava tra le camere, stordita e indecisa su come fermare quell'inondazione di fracasso. La musica sembrava uscire dalle prese di corrente, dai lampadari, dalle fughe tra le mattonelle, dai sanitari, dalle porte e dagli infissi. Certo, bisognava raggiungere gli apparecchi radiofonici e spegnerli, ma aveva il sospetto che non sarebbe servito. Cosí, raggiunse il centro del soggiorno, si piantò sulle gambe e alzò la voce.

– Antonio, smettila!

Il baccano cessò all'improvviso.

Caterina rimase immersa nell'assenza di rumore, lontano si sentí un autocompattatore che sbuffava.

79

Tornò nella stanza da letto, Gianfranco si trovava nella stessa posizione in cui l'aveva lasciato. Lo sbirciò, nudo tra le lenzuola, e s'accorse che per sua fortuna era ormai disarmato.

– Ma che era? – le chiese lui.

– Un contatto, credo –. Infilò decisa la camicia da notte, l'incontro di lotta libera era terminato e non accettava piú scommesse. Gianfranco non fece una piega e indossò di nuovo il pigiama: mandare a cuccia le sue passioni gli riusciva bene, da sempre.

Caterina però non poté prendere sonno subito.

S'era verificato un nuovo avvenimento del tutto irragionevole e inammissibile, avrebbe dovuto essere allarmata per la propria salute mentale, chiedere a Susanna se, oltre ad avvocati e medici, conosceva anche uno psichiatra.

Invece si sentiva felice, senza girarci troppo intorno.

Si addormentò dopo un paio d'ore, con il cuore leggero, pensando a quella illogica, mostruosa, eccezionale scenata di gelosia.

Il signor Liang aveva la sensazione che la realtà l'avesse preso in antipatia.

Tutta la sua vitalità, l'amore per il lavoro, la curiosità verso gli altri e il generico entusiasmo nei confronti del mondo scivolavano ora in un isolamento malinconico, in uno scetticismo rassegnato e privo di recriminazioni.

Non poteva avere Shu, non l'avrebbe mai avuta ed era giusto cosí, perché ne era indegno. Non poteva neanche compatirsi prendendosela con la crudeltà del destino, perché aveva la convinzione di non meritare un premio tanto grande.

Il signor Liang si considerava un sempliciotto a cui era capitata la sciagura di guardare negli occhi troppo a lungo una creatura concepita per ben altro uomo.

Prima aveva cercato di non pensare a lei, ma con scarsi risultati. Allora, nel tentativo di distanziare la disperazione che lo tampinava senza tregua, s'era fatto avanti e aveva chiesto la mano di Shu. Qualunque soluzione, pure l'ipotesi catastrofica di un'improvvisa felicità che non avrebbe saputo sostenere sulle sue spalle inadeguate, gli sembrava meglio di quel tormento. Era talmente terrorizzato dalla tigre che aveva deciso di consegnarsi a lei, lo sbranasse e la facessero finita, una buona volta.

Shu però non lo aveva respinto, né aveva accettato la sua proposta. Questa indeterminatezza perpetuava il suo sconforto, aveva l'impressione che il limbo nel quale viveva lo rendesse ridicolo agli occhi del mondo: di essere diventato lo zimbello di almeno un paio di tavole dello stradario cittadino.

Quella mattina smaniava di avvicinarsi al luogo dove lavorava la sua amata, ma al tempo stesso non si voleva mostrare. Orbitare nelle vicinanze sarebbe stato sufficiente, un'oretta di sofferenza per dare valore all'intera giornata. Quando giunse in vista del negozio, dovette fermarsi per riprendere fiato.

Ogni albero dal tronco sporco di fumo, ogni lampione scrostato, ogni marciapiede sconnesso, il grigio sornione dei tombini, tutto gli parlava di lei. Si trovava in quello stato tragico e soave in cui un uomo riesce a sospirare davanti a un passo carrabile.

A pochi metri dalla pasticceria, aveva iniziato l'andirivieni dell'orso nel recinto dello zoo. Spiava le facce delle persone che uscivano dal negozio, per cogliere nelle loro espressioni l'estasi che senza dubbio avevano provato alla presenza di Shu.

Voleva contemplarla anche lui.

Quell'assurdo spionaggio sentimentale era finito: il signor Liang si spinse fino alle vetrine. Vide Shu dietro il bancone e da qualche parte nel suo cuore si verificò uno smottamento.

Quella donna non era sua, non lo sarebbe mai stata, qualcun altro gliel'avrebbe portata via, chissà quanti uomini stavano per presentarsi alla sua tutrice con proposte allettanti.

Mentre si scorticava l'anima da solo, notò due giovani che gironzolavano per la pasticceria. Fu preso da una strana apprensione che lo spintonò fin sulla soglia, proprio nel momento in cui il piú alto dei due cominciava a parlare.

– Un gelato.

– Non abbiamo gelato, mi dispiace, – ribatté Carla.

– Ci serve del gelato, – insistette quello, sorridendo. Le donne dietro il bancone si scambiarono un'occhiata, entrambe con il sospetto che quei due non fossero dei normali clienti.

– Le ho detto che non abbiamo gelato. Può trovare una gelateria a un centinaio di metri da qui, dietro l'angolo... – Tutto quello che c'era da dire era stato detto.

– A me un amico ha detto che qui potevo trovare del gelato... e pure buono... Perché non volete darcelo?

Il clima si era fatto teso. Caterina lavorava a una torta e non s'era accorta di nulla, Shu teneva gli occhi bassi e tamburellava con le dita sul vetro, Carla cercava di calcolare quanto ci avrebbe messo ad andare a prendere il mattarello in laboratorio.

– Qui non vendono gelato. Se volete, vi faccio vedere dov'è la gelateria –. Aveva parlato Liang. I due tipacci si lasciarono andare a delle riflessioni a voce alta sul curioso scherzo della natura che aveva messo un altro organo al posto della sua testa.

– Uscite subito da qui. Ci sono delle signore...

I due giovani non avevano alcuna intenzione di dare vita a una discussione animata in un locale pubblico, magari alzando la voce, cosí decisero di picchiare quel tizio dai tratti orientali con una certa discrezione. In un lampo coprirono i pochi metri che li separavano da lui e gli furono addosso.

L'attenzione delle due donne si rivolse allora a Liang, rimasto fermo ad attendere l'impatto con il nemico. Fu in quell'occasione che dimostrò a Shu di non essere un uomo banale, schiavo dei luoghi comuni e dei cliché, ad esempio quello del cinese esperto in arti marziali che, con due mosse rapide e dure come la roccia, sbaraglia gli avversari.

Liang andò giú come un sacco di patate, senza riuscire neanche ad accennare una reazione. Non paghi, i due ceffi iniziarono a lavorarselo un po' mentre era a terra, perché non si sgretolasse in pochi istanti la fama da carogne che avevano costruito con dedizione e costanza nel corso degli anni. Caterina uscí in quel momento dal laboratorio e assistette alla scena senza capire. Shu era esanime, s'era trasformata in una bambola di quelle che si mettono al centro del letto, occhi sgranati e bocca semiaperta.

– Adesso chiamo i carabinieri!

A gridare era stata Carla. I carabinieri ci avrebbero messo almeno venti minuti ad arrivare, e quei due avrebbero potuto continuare a suonare Liang come il timpano di una grande orchestra. La parola «carabinieri», però, ha su certi individui lo stesso effetto che «cartoni animati» produce sui bambini: un potere di persuasione immediato.

Mentre i due se la davano a gambe, le donne soccorsero il ristoratore ammaccato; fuori da quei pochi metri quadrati profumati di caramello, nessuno s'era accorto di nulla.

– Chiamo l'ambulanza! – urlò Caterina. Liang fece cenno di no, disse di stare bene, che non c'era da preoccuparsi. Si rimise in piedi, uno zigomo bluastro, la giacca strappata.

– Mi dispiace tanto, signor Liang... – aggiunse la pasticciera. – Lei è stato molto gentile a intromettersi...

– Coraggioso... – La prima parola in italiano mai pronunciata da Shu, o almeno cosí sembrò a Caterina.

Decine di rose a gambo lungo, regali costosi, una domanda ufficiale di matrimonio: niente in quell'estenuante corteggiamento aveva provocato le stesse, gratificanti conseguenze del prendere un paio di pugni in piena faccia.

Il signor Liang era cosí contento che provava l'irrefrenabile desiderio di scappare. Quando si ottiene una piccola vittoria in amore, piú che continuare nell'attacco spesso si sceglie la ritirata, per andare a fantasticare in santa pace.

Quando il piccolo eroe dalla giacca squarciata fu uscito dal negozio, le donne decisero di farsi un goccetto insieme, per tirarsi un po' su. Caterina prese la bottiglia di alchèrmes che usava per bagnare il pan di Spagna e ne riempí tre bicchierini.

– Peccato che non c'era il tabaccaio... un paio di sganassoni glieli avrei visti prendere volentieri, – disse Carla, e le tre risero di gusto.

– Però Liang è stato davvero in gamba... – Nel dirlo, Caterina cercò con lo sguardo la complicità di Carla.

– Sí... molto... se non ci fosse stato lui...

Shu teneva ancora gli occhi bassi ed esponeva sulla bancarella del suo sorriso una certa misteriosa soddisfazione. Caterina tornò nel laboratorio, immaginando il signor Liang che camminava da solo, la testa zeppa di prospettive meravigliose e infondate, le mani nelle tasche e un dolore sullo zigomo, a ricordargli uno dei giorni piú belli della sua vita.

Portare fuori Giulia somigliava a trasportare un cartone pieno di bicchieri di cristallo.

Lei non si opponeva, operazione che richiede anch'essa un minimo di vitalità, ma si lasciava traslocare da un posto all'altro: entrare in un bar, visitare un museo, essere immersa fino alla cintola nelle sabbie mobili erano attività che suscitavano in Giulia la stessa indifferenza.

Caterina e Stefania ogni tanto la parcheggiavano su una panchina o dentro il camerino di un negozio d'abbigliamento, per avere modo di parlare di lei senza essere ascoltate.

– Non riesce a fare nessun progetto. Come se il futuro non la riguardasse, – diceva Stefania.

– È una fase... l'adolescenza è un periodo difficilissimo, dobbiamo avere pazienza... – rispondeva Caterina. Nonostante millenni di evoluzione scientifica, d'indagine filosofica e di approfondimenti psicoanalitici, sperare che le cose si aggiustino da sole rimane a oggi la strategia piú affidabile.

Quella sera si sedettero al tavolo di un bel caffè all'aperto, l'aria era ancora calda e per non essere soddisfatti del mondo, in quello scenario, bisognava avere davvero dei motivi molto validi.

Poteva non succedere nulla, certo, ma poteva anche cadere un meteorite sul caffè.

Passò Susanna.

La bionda conosceva Stefania e sua figlia solo superficialmente, cosa che non le impedí, quando le vide sedute al tavolo con Caterina, di virare e avvicinarsi al terzetto, le mani piene di pacchetti.

– Ciao!

Caterina e Stefania sperarono in cuor loro la stessa cosa, cioè che Susanna se ne andasse al piú presto.

– Sono uscita a fare un po' di shopping... ma lei è Giulia? Dio, com'è cresciuta!

Ci stupiamo sempre che i bambini crescano e che le persone muoiano, due fenomeni che accadono di continuo da quando la specie umana esiste.

– Sei bellissima! – esplose la bionda con troppo entusiasmo, e rimase in attesa di una reazione della ragazzina che non arrivò. Lo sguardo stupito di Susanna preludeva a una domanda sconveniente: prima che riuscisse a darle forma arrivò a spazzare l'area, da difensore degli anni Sessanta, l'intervento di Caterina.

– Ma quel profumo al mughetto di cui mi parlavi, l'hai poi comprato?

La pasticciera avrebbe tenuto anche un corso sulle principali tecniche d'imbalsamazione, pur di proteggere Giulia dalla curiosità dell'incantatrice. Susanna per fortuna cadde nella tagliola del profumo al mughetto e parlò di essenze almeno una decina di minuti. Quando però si rivolse di nuovo a Giulia chiedendole che fondotinta usasse, Caterina capí che il pericolo era stato allontanato solo momentaneamente.

Era arrivato il momento d'immolarsi.

– Volevo chiederti una cosa, – disse, prendendo sottobraccio Susanna e spingendola verso un punto imprecisato dell'orizzonte.

Stefania sorrise: apprezzava il sacrificio.

– Ma dove andiamo? – L'interrogativo della bionda era legittimo, mentre Caterina la pilotava in direzione di un distributore di benzina.

– Volevo sapere di Vittorio... quando pensa di consegnarsi?

– Presto... ma perché stiamo andando dal benzinaio?

– Per parlare piú tranquillamente...

L'intimità di una stazione di servizio sfuggiva a Susanna, ma le era capitato di condividere segreti in posti ben peggiori di quello, quindi non ebbe nulla da obiettare.

– Ha visto il tuo avvocato?

– Sí... sono anche diventati molto amici... giocano sempre a quel gioco... quel gioco dei numeri e delle caselle...

Non rendersi conto della gravità della situazione, ecco una delle prerogative piú diffuse in questo inizio millennio.

– E l'avvocato cosa gli consiglia? Che tipo di linea difensiva vuole adottare?

– Prima di tutto, tuo fratello deve restituire la somma che ha sottratto... – Il verbo «rubare» continuava a rimanere chiuso dentro una vecchia cassapanca in soffitta.

– E... dove la prende?

Caterina era una donna solida, portata a farsi carico dei problemi che le orbitavano intorno, anche quelli non suoi, e a cercare di risolverli. Sapeva che per preparare l'amatriciana serve il guanciale, che contro il mal di pancia occorre la borsa dell'acqua calda e che per restituire trecentomila euro bisogna averli.

– Ci stiamo ragionando –. L'uso del plurale dava l'idea di uno sforzo collettivo, titanico e forse inutile.

– Per quello che posso... contate su di me –. Quando pronunciamo una frase del genere, in un momento di tenerezza o di apprensione, non possiamo immaginare che ci si ritorcerà contro.

– Grazie, – disse la bionda. Stava per aggiungere qualcosa, ma si fermò.

Le due si salutarono, mentre il benzinaio cominciava a guardarle con una certa familiarità.

Era una domenica sera, la gente nelle strade e nei palazzi sembrava un esercito pronto a raggiungere il fronte del lunedí.

A casa, Caterina indossò le pantofole e accese la televisione, ma la tristezza dei programmi domenicali la rase al suolo in due minuti.

Nel tentativo di tirarsi un po' su, andò in cucina a prepararsi un panino. Sentiva dentro di sé un pungolo, un'irrequietezza che la invitava a compiere una piccola azione in apparenza innocente e insignificante.

– No, non lo faccio, – disse a voce alta, che la sentissero i mobili, le pareti, il legno del pavimento, l'aria che riempiva la stanza.

Prese un rotocalco dal portariviste e si mise a sfogliarlo, ma sapeva fin troppo bene che non era con piccoli stratagemmi di quel genere che sarebbe riuscita a frenarsi.

Raggiunse l'apparecchio telefonico e chiamò Stefania. Occupato. Cercò il settimanale di enigmistica che rallegrava i pomeriggi liberi di Gianfranco. Tutti i giochi, i quiz e i cruciverba erano stati risolti.

– Nessuno li finisce tutti! – gridò in un sussurro, indignata da quell'accanimento da omicida seriale. L'inerzia la spingeva verso un gesto che non era sicura di non voler fare, ma la sua volontà appariva meno tonica e muscolosa del solito.

C'era un libro sopra il suo comodino, dove stazionava da piú di un mese. Aveva letto solo poche righe. Lo prese in mano e lo posò subito. Se stava lí da tanto tempo, immobile e sereno, un motivo doveva esserci.

Sbucciò una mela, una di quelle verdi, dal sapore aspro che le piaceva tanto. Tentò di chiamare di nuovo Stefania: ancora occupato.

Andò a lavarsi la faccia in bagno, spalmò la crema alla glicerina sulle mani, si spazzolò i capelli, una serie di attività talmente ripetitive da far sembrare un thriller adrenalinico le prime venti pagine della *Recherche* di Proust.

Prese a passeggiare per l'appartamento. La sua resistenza, che testimoniava una certa forza di carattere, iniziava a sfiorare il ridicolo. Si fermò nel corridoio: la congenita neutralità di quel luogo, né camera né toilette né cucina, elargiva un senso di tregua che la rasserenava, permettendole di riordinare le idee. Scappare non serviva a niente. Tornò in soggiorno e cercò di controllare il battito cardiaco, respirando profondamente. Poi, dopo tutto quell'inutile tergiversare, si decise e accese la radio. La presenza che viveva lí dentro mandò avanti la musica, come faceva spesso. Gli archi avvolsero subito Caterina, mentre il canto le diceva quanto fosse bello vivere sotto l'incantesimo di un vudú d'amore. Si sforzò di non intenerirsi, un esercizio difficile per un animo gentile come il suo. Cominciò a muoversi a tempo di swing, prima con pudore, tentando di controllare la sfrenata voglia delle sue gambe, poi abbandonandosi al dondolio trasognato di quella melodia. Quando il brano finí, si sedette in attesa.

– Tu mi fai qualcosa, qualcosa che semplicemente mi confonde... – disse la voce.

– Cosa devo fare con te? – Per quanto lo desiderasse disperatamente, Caterina non riusciva a trasmettere nessuna vibrazione di rimprovero.

– Tutto quello che vuoi. Se ti serve una fioriera o un portaombrelli, eccomi.

– Questa è una frase a effetto.

– Solo con una frase posso sperare di fare effetto su di te, vista la situazione –. Non aveva tutti i torti e Caterina dovette riconoscerlo.

– Ti ho ascoltato dappertutto... in automobile, al supermercato, qui in casa... quindi non può trattarsi di uno scherzo... e allora... che cos'è? – A volte succede di chiedere aiuto al nemico e, a volte, il nemico ci aiuta.

– Niente di cui preoccuparsi... Per me conta solo che tu stia bene. Basta che tu non accenda la radio per una settimana e io scomparirò, per sempre.

Un'enorme sfera di piombo rimbalzò per la stanza.

– C'è di mezzo la magia? – disse Caterina. Era arrivata a uno di quei momenti in cui si è disposti a prendere in considerazione qualsiasi ipotesi.

– Mi stai servendo su un vassoio un'altra frase a effetto, devi essere molto stressata. Certo che c'è di mezzo la magia.

– Tu mi prendi in giro –. Un improvviso, selvaggio bisogno di prosaicità s'impossessò di lei.

– Ti sembra normale tutto questo? – ribatté la voce con dolcezza. – Stai parlando con un apparecchio radiofonico... vuoi che la magia non c'entri? Di cose inspiegabili al mondo ce ne sono tante, non cercare di spiegarti proprio questa. Da quando ti conosco, Caterina, mi servirebbe un'anima piú grande per contenere quello che provo... e so bene che un amore impossibile sarà l'unico possibile per me, negli anni che verranno... del resto, complicarmi la vita è sempre stato il mio grande talento... se fossi stato io a inventare il bicchiere, lo avrei fatto di spugna.

Il citofono gracchiò.

– È Gianfranco! – Nel dirlo, Caterina si avvicinò alla radio.

– Non spegnere! – si raccomandò la voce.

– Sei pazzo? Non possiamo continuare a chiacchierare...

– Lo so... io sto zitto, te lo giuro... ma se non spegni posso continuare a sentirti, a stare con te, in qualche modo...

– Solo dieci minuti... – si ammorbidí lei.

– Quando possiamo stare un po' insieme da soli? – Nella voce c'era un desiderio tale che Caterina rabbrividí.

– Non lo so, ora vattene!

– Domani sera, mentre stai cenando... – incalzò la voce.

– No, domani sera no... – tentò di difendersi la donna.

– Dopodomani allora!

Caterina si sentí girare la testa: stava accettando un invito a cena da un elettrodomestico.

– D'accordo... silenzio, adesso! – La radio iniziò a diffondere una canzonetta, mentre il citofono si spazientiva.

Il giorno seguente durò tre settimane.

Caterina aveva dormito poco e si era alzata presto. Guardava il cielo che s'illuminava lentamente, cancellando ogni illusione e mostrando le cose per quelle che erano. Fuori, per la strada, le cornacchie sarebbero rimaste per qualche minuto ancora la specie dominante, almeno finché gli uomini non avessero cominciato a uscire di casa con le loro automobili e le loro preoccupazioni piú evolute: un conto è la ricerca di un torsolo di mela, un altro quella di un mutuo a tasso fisso.

Si vestí con piú cura del solito, si truccò come non faceva da tempo e uscí, benché mancasse piú di un'ora all'apertura della pasticceria. Passeggiò per le vie del quartiere e le sembrò che tutti andassero a una velocità doppia della sua. Fece colazione in un bar dove non la conoscevano. Un uomo beveva un cappuccino e la guardava di sottecchi, le sue occhiate erano palle da biliardo che facevano la sponda sullo specchio brunito alle spalle del barista e rotolavano verso di lei.

Quando arrivò davanti al suo negozio, mancavano ancora dieci minuti all'apertura. Non le dispiacque rimanere lí a guardare macchine che non trovavano parcheggio, studenti in ritardo che passavano sfrecciando, persone anziane che s'erano buttate nella corrente con obiettivi diversi da quello di andare a guadagnarsi da vivere.

Shu stava arrivando sul marciapiede opposto, e quando s'accorse di Caterina accelerò il passo fin quasi a mettersi a correre. Allargava di continuo le braccia per scusarsi.

– Sei puntualissima! Sono io in anticipo! – la tranquillizzò lei. Alzarono la serranda ed entrarono nella loro libera repubblica della panna montata.

«Sono solo le otto», pensò Caterina.

La vita umana è brevissima, se paragonata a quella delle spugne artiche o delle sequoie, eppure certe giornate vorremmo bruciarle, se non addirittura interi periodi della nostra esistenza che ci separano da un avvenimento molto atteso e desiderato.

Arrivò anche Carla e iniziò a mettere in ordine le vetrine, mentre Shu spazzava il pavimento: la piccola fabbrica del vassoio felice s'era rimessa all'opera.

«Sono solo le otto e mezza», pensò Caterina.

Avrebbe potuto dare appuntamento alla voce anche per quella sera, visto che non aveva nulla da fare, ma le era sembrato piú saggio prendere un po' di tempo, anche se non sapeva neppure lei il perché. Forse, se la voce era frutto di un'allucinazione, far passare altre ore prima del nuovo incontro poteva essere la strategia giusta.

Quella pazzia doveva finire. E se la voce si fosse ripresentata, le avrebbe detto con chiarezza che se ne doveva andare, tornare da dove era venuta, lasciarla in pace. Certo, esistevano anche elementi che, incredibilmente, giocavano a favore di Antonio, come aveva detto di chiamarsi. Uno di questi entrò dalla porta della pasticceria, spinto da un entusiasmo incomprensibile, a quell'ora del mattino.

– Buongiorno belle signore! – Ernesto Guidotti era lí.

Carla e Shu risposero al saluto e si disposero a testuggine davanti a Caterina.

– Buongiorno, caro Ernesto –. Ecco la buona creanza della pasticciera uscire di nuovo dalla tana, pronta a essere ancora una volta fraintesa da quello spasimante che, come ogni spasimante, era portato alla contraffazione delle intenzioni altrui. Ernesto s'accorse che quella mattina c'era qualcosa di diverso nella sua bella, e per un istante ipotizzò anche che quel rinnovamento fosse indirizzato a lui, ma una folata di buonsenso lo riportò subito con i piedi per terra.

– Come sei raggiante, oggi –. Il tabaccaio s'era già fatto strappare di mano la pagaia dalle acque turbinose e non controllava piú la sua canoa.

– Grazie, – si difese Caterina.

– Sembra quasi che ti sei restaurata –. Ernesto aveva usato un verbo piú adatto alla facciata di un palazzo storico che a una donna, ma in quel momento le parole gli uscivano di bocca senza chiedere niente al cervello.

– Scusatemi, ho un lavoro da finire… – Caterina era cosí seccata da quello sconfinamento da dimenticare la sua istintiva amabilità.

– Devi vedere qualcuno?

Le commesse per un attimo abbandonarono quello che stavano facendo e alzarono gli occhi sul tabaccaio, incredule. La loro principale, che aveva quasi raggiunto la salvezza oltrepassando la frontiera del suo laboratorio, si voltò e squadrò l'uomo dal laccetto di cuoio.

– Perdonami, Ernesto, questo non ti riguarda.

La risposta, corrosiva ma legittima, scatenò la rivoluzione nell'animo del pretendente. Offeso e infuriato come uno dei Proci che scopre l'inganno della tela di Penelope, girò sui tacchi e uscí.

Carla e Shu, che ormai costituivano un duo formidabile di sguardo sincronizzato, scrutarono Caterina per almeno dieci secondi, dopo quel *coup de théâtre*.

Ed erano solo le nove.

Il resto della mattinata fu la conchiglia che una chiocciola portava in giro senza fretta. Entrarono pochissimi clienti, i trenta metri quadrati del negozio sembravano essere diventati l'epicentro della svogliatezza mondiale. Caterina ebbe la tentazione di accendere il piccolo cubo parlante nel suo laboratorio, ma seppe dominarsi.

All'ora di pranzo, salutò le commesse e scattò come una molla verso casa. Era in uno stato d'animo impalpabile, preda di un'ebbrezza piacevole, che deformava soltanto un poco la realtà. Quelle ore erano state per lei un vinello leggero, che le faceva girare la testa senza darle nausea. Mentre apriva la porta continuando a fingere di non sapere perché si sentisse cosí allegra, l'odore di caponata nell'ingresso la colse di sorpresa.

– Ciao cara.

Gianfranco non avrebbe dovuto essere lí: probabilmente in assoluto, di certo non quel pomeriggio.

– Ciao... non eri fuori per lavoro? – A volte, lo stupore c'impedisce di apparire per quello che siamo: infastiditi.

– C'è stato uno slittamento... parto alle diciotto... ho pensato di prepararti qualcosa per pranzo.

Caterina lo ringraziò, tiepida come un pomeriggio d'aprile. Si voltò per apparecchiare e Gianfranco, da dietro, le prese i seni tra le mani e la strinse a sé. «Per fortuna, la radio è spenta», pensò lei.

Mangiarono chiacchierando dei cento argomenti marginali che costituiscono i capitelli su cui poggia la maggior parte delle conversazioni di coppia, finché il vice commissario non ci posò sopra un architrave.

– Caterina... vuoi sposarmi?

L'aveva detto da fermo, senza prendere nessun tipo di rincorsa, come fosse soltanto un altro tassello delle loro conversazioni senza mordente. Guardò il viso di lei: un muro appena intonacato.

– Che ne dici? – perseverò, convinto che fosse l'emozione a zittire Caterina.

– Beh... non so che rispondere... mi fa tanto piacere che tu me lo chieda, però... mi sembra che stiamo bene cosí... non lo so... – Se Gianfranco s'aspettava una principessa che gli volava tra le braccia, cuore fremente e labbra protese, poteva diventare vecchio. Comunque, non si scoraggiò affatto.

– Credo che sia un passo necessario... ormai ci conosciamo da tre anni, siamo felici insieme... – Fece una pausa e le rivolse uno sguardo interrogativo.

– ... sí, insieme siamo felici! – si scosse lei.

– Quindi... mi sembra la conseguenza naturale! Se ci sposiamo presto, potremmo invitare anche Vittorio... prima dell'arresto, voglio dire...

Sarebbero state delle nozze bellissime, Vittorio avrebbe apprezzato di certo la delicatezza che gli veniva riservata e, soprattutto, la possibilità di abbracciare commosso, a fine cerimonia, l'uomo che lo spediva in galera.

– Dammi un po' di tempo. È una decisione importante, un cambiamento di vita radicale...

– Ti capisco benissimo, – disse Gianfranco e non ne parlò piú, mentre scuoiava una pera con mano ferma.

Poi comunicò che andava a distendersi sul letto, giusto un'oretta prima del viaggio. – Vieni anche tu? – Era un invito che poteva nascondere un risvolto carnale e Caterina lo evitò con cura, dicendo che doveva tornare al piú presto in pasticceria.

Gianfranco indossava il pigiama anche per il sonnellino pomeridiano, e la donna che il vice commissario avrebbe voluto occupasse l'altra metà del suo letto per tutta la vita lo salutò con una carezza, riprese la borsa e guadagnò l'uscita.

«Sono solo le tre», si disse contrariata Caterina.

Gironzolò per le strade impigrite dalla pausa pranzo. I negozi erano ancora chiusi e non si vedeva in giro nessuno. L'intera città, seduta sul suo sgabello, attendeva che suonasse di nuovo il gong per riconquistare il centro del quadrato.

«Vuole sposarmi», continuava a ripetersi Caterina e per quanto si sforzasse non riusciva a provare nessuna sensazione.

Passò il pomeriggio a siringare bignè, quando ebbe finito si rese conto che ne aveva farcita una quantità sufficiente per i seicento di Balaklava qualora avessero voluto rifocillarsi prima della carica.

Le ore trascorsero stagnanti, l'intero pianeta di Caterina sembrava essersi fermato. Il signor Liang era sparito, non si vedeva all'orizzonte nessun piccione viaggiatore spedito da Vittorio e Susanna, addirittura Stefania non si faceva sentire da un paio di giorni. Un po' come in quella favola in cui la principessa si addormenta dopo essersi punta con il fuso di un arcolaio, e l'intera corte cade in letargo insieme a lei.

Quello della serranda che viene abbassata è il rumore piú definitivo del mondo, quando Caterina lo udí ringraziò il cielo che la giornata fosse finita.

Non fece in tempo a posare le chiavi di casa sul tavolino dell'ingresso che squillò il telefono, con il tempismo che appartiene solo alle vere seccature.

– Pronto, – disse suadente una strana voce dall'altro lato del cavo.

– Chi è? – titubò stremata Caterina con la cornetta in mano.

– Con chi parlo, con chi parlo? – Il tizio non aveva pietà.

– Ma lei chi è? – L'educazione è un grosso intralcio alla rapida interruzione di una conversazione sgradita.

– Sono l'allegro gendarme! Volevo parlare con la futura signora Budelli...

A Caterina caddero le braccia, non potendole cadere altri organi ben piú adatti alla situazione ma di cui era fatalmente sprovvista. Gli spiritosi a tutti i costi: ecco una tragedia di cui nessuna organizzazione umanitaria ha il coraggio d'occuparsi.

– Gianfranco... sei tu... – disse, e sentiva il peso di un quarto di bue sulle spalle.

– Sai... mi chiedevo se stavi pensando alla mia proposta...

Per un attimo, lei fu assolutamente disperata.

– Beh, mi fai un grande onore se pensi di voler trascorrere con me il resto della tua esistenza... – A volte, quando siamo in difficoltà, ricorriamo a frasi reboanti che sono la parodia di un discorso serio. Le parole di Caterina, ovviamente, piacquero molto a Gianfranco.

– Lo prendo per un sí... – sussurrò lui emozionato, uno stato mentale cui non era avvezzo e che per questo lo sconvolgeva.

Quest'ultimo scambio fu troppo anche per Caterina, che dichiarò ufficialmente chiusa la giornata e si mise a letto. Tenne in mano una decina di minuti il solito libro senza procedere nella lettura neanche di una riga, poi spense la luce e si sdraiò su un fianco.

Il giorno seguente durò venti minuti.

Caterina aveva riposato bene: una notte di sonno profondo e sereno è un fatto che merita riconoscenza – ognuno la rivolga a chi crede – e lei lo sapeva bene.

Le ore passarono veloci, come se non volessero essere d'intralcio e dicessero pure loro: «Non è il caso di sprecare tempo, veniamo al sodo».

La pasticciera si risparmiò, sapeva che non doveva strapazzarsi nel suo stato, cioè durante la gestazione di una serata straordinaria. Gianfranco nel frattempo telefonava con una frequenza inconsueta, convinto che fosse necessario fare ricorso a un'ultima robusta spallata per abbattere la porta in massello nel cuore di lei.

La sera giunse presto, dopo appena tre nuove torte.

Caterina tornò a casa e si preparò per uscire, solo che non doveva andare da nessuna parte. Indossò un bell'abito nero e dedicò una cura particolare ai capelli e agli occhi, che erano il suo punto di forza.

Cucinò una bistecca e delle verdure grigliate, si versò mezzo bicchiere di vino rosso, accese due candele e le poggiò sul tavolo da pranzo, poi prese l'apparecchio radiofonico e se lo mise vicino, tra il piatto e la caraffa dell'acqua.

C'era un grande silenzio, fuori e dentro l'appartamento, fuori e dentro la sua testa. Il silenzio è la tintoria dei nostri pensieri, è capace di cancellare le ansie e i tormenti. Caterina se lo godette per alcuni minuti, tagliò la carne tutta a pezzettini, come le aveva insegnato la madre quand'era piccola, e bevve un sorso di Montepulciano. Ripensò alla vita che le era stata data, a come s'era svolta fino a quel momento, identica a quella di chissà quante altre persone eppure unica, perché era la sua.

Rivide tutti i suoi abbagli, gli errori madornali, i palazzi che aveva cominciato a costruire senza terminarli, lasciandosi alle spalle un bel po' di calcinacci, le speranze andate deluse, le attese che non l'avevano portata a nulla.

Poi si scrollò e vide anche i piccoli successi che aveva ottenuto, le amicizie sincere, il piacere che le dava tutti i giorni il suo lavoro.

Accese la radio.

Sorrise alle prime note della canzone, quando sentí che una persona può cambiarti la vita con un gesto della sua mano. Era evidente che voleva giocarsi il tutto per tutto, quella sera.

– Dimmi che ti piacciono, – esordí la voce.

– Come a tutte le persone con un po' di sangue nelle vene.

– Stasera sei di una bellezza catastrofica, – rilanciò ancora la voce.

– Catastrofica?

– Non puoi non lasciare rovine alle tue spalle... macerie di cuori...

– È uno strano complimento.

– È una strana situazione, no? Te l'ho già detto...

La musica continuava a frizionarle l'anima.

– Come fai a vedermi?

– All'inizio, tre anni fa, eri solo una sostanza indistinta, un respiro leggerissimo. Quando accendevi la radio, ti percepivo appena. Poi ho cominciato a vederti sempre piú chiaramente, a distinguere i tuoi lineamenti... – C'era una calma molto seducente nella voce.

– Puoi vedere anche gli altri?

– Sí, qualche volta... sono entrato in centinaia di case, attratto da un'inflessione dialettale, da una scintilla di simpatia o da un'avversione istintiva. Ho visto gente volersi bene, odiarsi, coltivare i propri difetti e lasciare sfiorire le virtú... prima ero molto curioso...

– E adesso? – Dalle labbra di Caterina uscí un bisbiglio, un soffio che non veniva dalle corde vocali.

– Adesso riesco a vedere solo te.

Qualcosa vacillò dentro di lei, crollò un tramezzo e una lunga crepa s'allargò su un muro portante. Sarebbe stato necessario fare dei rilievi subito, ma aveva la testa altrove.

– Mi piacerebbe poterti offrire un bicchiere di vino... – disse alla voce.

– Mi piacerebbe poterlo bere con te. Potrei deluderti da piú vicino.

– Perché deludermi?

– Non essere alla tua altezza è il destino di qualunque uomo. Dimmi quando esagero...

Caterina scoppiò a ridere.

– La tua risata è incantevole, sembra una lite tra due passeri.

Lei tornò seria.

– Perché fai questo?

– Perché ti amo.

Il volto di Caterina fu attraversato da un'espressione quasi dolorosa.

– Usi questa frase con leggerezza, Antonio... con molta leggerezza –. L'aveva chiamato per nome, stavolta fu la voce a barcollare.

– Non posso toccarti, stringerti a me, non possiamo cucinare insieme né uscire a fare una passeggiata. A questo aggiungi che io non mi sento solo, non ho bisogno di qualcuno che si occupi di me, non sono costretto dall'abitudine a sentire la tua mancanza. Il mio «Ti amo» è il piú immotivato di tutta la storia dell'umanità. Come dice la poetessa, ti amo soltanto per amore.

Nella vita reale, quella in cui non trovi parcheggio, tuo zio ti disereda e il ciambellone brucia nel forno, a questo punto ci sarebbe stato un bacio, lungo, invadente e appassionato, il primo reciproco assaggio, l'odore dell'altro nel naso, le mani che vorrebbero toccare ma si frenano, per paura di suscitare una cattiva impressione. La natura incorporea di quella relazione nascente impediva tutto questo, lasciando dietro di sé una donna insoddisfatta e una voce intrappolata.

– Io non ci capisco nulla, – mormorò Caterina dopo due chilometri di silenzio.

– Sembra lo slogan di una réclame su di me.

Caterina si versò ancora del vino e, mentre portava il bicchiere alle labbra, si rese conto che non stava mangiando nulla.

– Ma tu hai un corpo? – Non appena l'ebbe formulata, Caterina si pentí di quella domanda cosí sciocca, infantile, meschina. Rimase schiacciata dalla propria insulsaggine.

– Certo che ho un corpo... braccia, gambe e cianfrusaglie varie...

– E allora... dove vivi? – Le guance di lei avvampavano, era accaldata e una goccia di sudore le era scesa nella scollatura, tra i seni.

– Qui dentro.

Non c'era nulla di ragionevole in tutta quella storia e questo la preoccupava ancora di piú: lo sapeva, che l'irrazionalità è un ingrediente essenziale nell'amore.

– Cosa ti aspetti da quello che ci sta succedendo?

– Tutto quello che spero per i prossimi vent'anni è di vederti domani.

Senza rendersene conto, il loro rapporto aveva quasi raggiunto quel confine superato il quale le parole piú dolci e sentimentali non suscitano piú alcun imbarazzo e anche un individuo austero può sussurrare «Sei la mia vita, gattina» senza sentirsi un imbecille.

– Come ti guadagni da vivere? – Il buonsenso di Caterina era un capitone fuggito dal lavandino della cucina, e ora si dibatteva disperatamente sotto la credenza.

102

– Io parlo alla radio.

Un piccolo valzer cominciò a uscire timidamente dall'apparecchio, era suonato da un'orchestrina senza pretese e faceva pensare a gente che mangia salsicce dentro piatti di carta, coppie di anziani che ballano, quindicenni che si stringono per la prima volta sotto la luna. Caterina sorrideva, il valzer le aveva sempre regalato un'allegria malinconica difficile da raccontare. – Questo è un pezzo rischioso… come sai che mi piace? – disse

– Perché piace a me.

Rimasero ad ascoltare «l'un-due-tre» che procedeva nell'aria tranquilla della sera. Nessuno dei due parlò, durante la piccola sagra campagnola che si svolse in quella cucina.

– Andrai a dormire, stanotte? – chiese poi Caterina.

– Credo di no.

– Non hai sonno? – Era una domanda maliziosa e incontrollabile a cui Caterina avrebbe ripensato spesso, nei giorni che seguirono, come alla spia del suo cedimento. Il primo segno che il desiderio di tenere a bada quella voce aveva lasciato il campo alla voglia d'incoraggiarla. Rimase in silenzio, lui andò avanti.

– Come si ha sonno dopo aver segnato tre reti nella finale del torneo studentesco… o dopo che t'hanno comunicato che sei stato assunto… o dopo aver saputo che anche lei ti ama…

Caterina si disse che ne andava del suo equilibrio, che non doveva continuare a fomentare quella pazzia un solo istante di piú. Ma si rese subito conto che non aveva la forza di farlo e restò in ascolto.

– Nessuno mi ha assunto e non so giocare a calcio, – riprese la voce, cercando di chiarire qualcosa che era già chiarissimo.

– Non ci sono donne, lí dove vivi tu?

– No. Cosí come non ci sono uomini dove vivi tu.

– Sei molto sicuro di te, per essere solo un suono nella mia testa.

Caterina rise di nuovo.

– Sí, – disse Antonio, – è proprio una lite tra due passeri...

Squillò il telefono. Fu un rumore blasfemo, arrivato a interrompere un discorso che dura da millenni e che andrà avanti finché esisteranno due esseri umani.

– Non rispondere, – disse la voce.

– Non posso.

– Perché? Basta che non alzi la cornetta.

Caterina consultò il suo archivio delle ansie e capí che, se non avesse risposto, si sarebbe chiesta per tutta la notte chi era.

– Pronto?

– Ciao cara –. Gianfranco continuava a telefonarle con una frequenza del tutto nuova e sorprendente. Caterina provò un improvviso imbarazzo per la presenza di Antonio, poi si sentí furibonda con se stessa per quel sentimento insensato, che innalzava ulteriormente il livello d'assurdità della situazione.

– Ciao, Gianfranco.

– Volevo augurarti la buonanotte...

Caterina alzò gli occhi all'orologio da muro: erano le ventitre passate. Aveva trascorso piú di due ore insieme all'inquilino della sua radio.

– Buonanotte anche a te.

– Hai qualcosa da dirmi? – Il tono di Gianfranco era affettatamente caldo e profondo, sembrava un doppiatore di telenovela.

– Sono stanca, è stata una giornataccia... magari ne parliamo domani o nei prossimi giorni...

Il vice commissario pensò che non era il caso d'aprire un fascicolo su quella risposta cosí sbrigativa, la sua fidanzata era stanca e non c'era altro da aggiungere.

– Dormi bene, allora. Ti amo.

Caterina realizzò con un brivido che era la seconda persona che glielo diceva, quella sera. La sua vita sentimentale cominciava a essere intasata come una litoranea in agosto. E si accorse che quelle ultime due parole di Gianfranco, l'unico al momento che potesse pronunciarle esibendo una regolare licenza, le avevano creato un certo disagio. Non c'è nulla di piú fastidioso di un «Ti amo» detto dall'individuo sbagliato.

Riagganciò la cornetta lentamente e tornò al tavolo.

– Eccomi.

Dall'apparecchio radiofonico usciva solo un sibilo, un piccolo lamento monocorde che evidenziava un'assenza. Antonio se n'era andato.

Il sospiro che le scappò dimostrava che il nostro corpo, a volte, tenta di comunicarci il suo parere fregandosene di tutto il resto. Spense la radio, lasciò i piatti nel lavandino e andò in camera, dove dopo due ore s'addormentò vestita sul letto, cercando di allontanare un sospetto che stava diventando una certezza.

Era il campanello della porta o cosa?

Si tirò su di scatto, con il cuore che martellava forte.

Girò lo sguardo per la stanza, in balía di tutto ciò che era successo la sera precedente e che immaginava potesse accadere quel giorno.

Si sciacquò la faccia in fretta e andò ad aprire.

– Ciao tesoro. Il nero ti sta benissimo –. Susanna si stagliava turgida e imponente nella cornice degli stipiti. Vittorio la seguiva, un paggio fedele che sosteneva lo strascico dei suoi ferormoni.

– Stavi per uscire?

Solo in quel momento Caterina si rese conto d'indossare ancora l'abito che aveva scelto per la cena con la voce.

– No... cioè sí... però credo che mi cambierò.

– Peccato. Sei un bocconcino.

Vittorio continuava a tacere, aveva un aspetto calmo e rilassato, dovuto con ogni probabilità all'intensa attività amatoria cui la sua nuova fiamma lo sottoponeva.

– Entrate, vi preparo un caffè.

– No, meglio di no... – obiettò Susanna. – Vittorio non può trattenersi molto, vista la situazione. Per lui è pericoloso essere qui...

Per un attimo, Caterina vide l'immagine di Gianfranco che faceva irruzione e cercava di trascinare via suo fratello aggrappato alla maniglia, ma si sforzò di cacciarla dalla mente.

– Anche stare sul pianerottolo è pericoloso. Entrate, solo per cinque minuti.

I due attraversarono la soglia, ma restarono lí nell'ingresso e non accennarono a togliere i soprabiti.

– Che succede?

Si guardarono in faccia. Per quella spiegazione, il titolare era Vittorio.

– L'avvocato ci ha detto... che c'è un modo per evitare l'arresto e... tutto il resto –. La vita ci porta spesso al bisticcio di parole, nei momenti piú drammatici.

– Bene! – Caterina non capiva perché il fratello e Susanna non sembrassero felici.

– Sí, bene... anche se le cose non sono mica tanto semplici... – Vittorio parlava alla sorella ma cercava lo sguardo di Susanna.

– Che bisogna fare? Qual è questo benedetto modo? – La pasticciera tentava di ottenere risposte, un'attività destinata il piú delle volte a regalare grandi delusioni.

– Si potrebbero convincere quelli che mi hanno denunciato a ritirare la denuncia... l'avvocato ha avuto un abboccamento con il loro legale...

– E come si fa a convincerli?

– Restituendo la somma che Vittorio ha sottratto –. Susanna aveva fornito l'unica informazione importante da quando lei e il suo amante erano arrivati. La soluzione c'era, elementare e implacabile.

– Ma tu... ce li hai i soldi? – Caterina prese l'argomento con la stessa delicatezza con cui si prende in mano un vaso di Murano.

– Qualcosa... qualcosa m'è rimasto... diciamo la metà, non piú della metà –. Vittorio aveva bruciato oltre centocinquantamila euro in poche settimane, Dio solo sapeva come.

– E il resto? Dove pensi di trovare il resto della somma? – Le domande piú logiche sono di solito anche le piú imbarazzanti.

– Ho qualcosa da parte... qualche amico mi darà una mano... – disse Vittorio, i cui occhi erano ormai diventati due nomadi che si spostavano in continuazione per la stanza. Fu allora che Caterina pronunciò una di quelle frasi che spettano da copione, quando s'interpreta uno dei personaggi positivi della commedia.

– Io ho in banca quindicimila euro... ne puoi disporre come vuoi.

Vittorio e Susanna si guardarono ancora una volta. La gratitudine che provavano verso di lei era di gran lunga superata dallo sconforto per l'entità del suo gruzzolo.

– Grazie –. Di piú, Vittorio non riuscí a dire.

– Sei molto gentile, tesoro, – aggiunse Susanna, e fece una carezza torpida e molto teatrale al volto dell'amica.

– Vittorio, stai tranquillo. Vedrai che in un modo o nell'altro la risolviamo, – furono le ultime parole che Caterina rivolse al fratello, mentre la coppia entrava in ascensore. Non sapeva ancora che lui il modo l'avrebbe trovato e molto presto.

Antonio era scomparso.

Sentire Caterina che parlava al telefono con Gianfranco l'aveva mandato fuori giri, come il motore di un'utilitaria ferma al semaforo vicino a un camion. Non aver subíto nessun torto palese e non poter esibire il minimo diritto su di lei, invece che ricondurlo alla ragione, lo aveva consegnato a una frustrazione rabbiosa e incontrollabile.

Caterina aveva tenuto la radio accesa quasi tutto il giorno, raccontandosi la bugia di volersi distrarre durante il lavoro. Continuava a ripetere a se stessa che stava bene, che si sentiva serena ed equilibrata, ma la sua ultima torta alla crema e frutti di bosco sembrava un'opera surrealista. Le era parso per un momento di sentire la voce di Antonio, poco prima di pranzo: erano solo le previsioni del tempo.

Nel pomeriggio inoltrato, quando fuori era già scuro e i lampioni immalinconivano le strade con i loro coni di luce gialla, cominciarono a uscire dall'apparecchio radiofonico dei messaggi in codice, cosí almeno le sembrò. Prima una canzone indemoniata che raccontava l'amore come una perfetta illusione, poi lo spot pubblicitario di un'automobile sportiva, che in maniera del tutto pretestuosa recitava: «Lei è una donna leggera e superficiale... fidati solo della tua sedici valvole!»

– Antonio... – diceva tra sé la pasticciera, mentre cercava di spacciare per una Charlotte la piccola pagoda di panna che aveva appena preparato. Era convinta che lui si sarebbe fatto vivo, prima o poi, che avrebbe capito di aver esagerato, di essere stato arrogante e inopportuno. Lei non doveva fare niente, solo rimanere tranquilla e aspettare. È proprio cosí che ci si perde, in amore. I giorni, infatti, cominciarono a passare, una siepe di lauri tutti uguali tra loro. La certezza che la voce sarebbe tornata a farsi sentire si sgretolava con il trascorrere delle ore. La radio ormai rimaneva accesa fino a tarda sera, l'apprensione di Caterina era diventata feroce. Lavorava, scherzava con Carla e con Shu, teneva a distanza Ernesto, parlava delle solite cose con Gianfranco, ma il fondale dipinto dei suoi pensieri aveva le innaturali sembianze di una voce un po' roca che le parlava da una scatoletta.

Finché un sabato sera, dopo quasi due settimane di silenzio, Caterina prese una decisione, una di quelle che, masticate e rimasticate, danno l'impressione netta e smagliante di essere il provvedimento giusto. Spense la radio, determinata a non riaccenderla prima di una settimana, durata indispensabile, stando almeno a quello che le aveva confidato lo stesso Antonio, per liberarsi definitivamente di lui.

I primi giorni furono anestetizzati dalla convinzione di aver fatto la scelta migliore.

Arrivata a mercoledí, quella convinzione era già pericolante.

Pensò che doveva liberarsi dal pensiero che la tormentava: nonostante tutti i diserbanti che aveva usato, quella gramigna era in grado di spaccare il cemento e rispuntare.

Pensò che era il momento di fare l'appello: si trattava di una vicenda irragionevole e inammissibile, forse addirittura di una patologia psichiatrica cui non doveva fornire, con le sue debolezze, l'ambiente naturale nel quale adattarsi e prosperare. Certo, era stato affascinante vivere quell'incantesimo, ma adesso era necessario tornare alla granitica solidità di un'esistenza vera, concreta. Ecco cosa si ripeteva Caterina, provando un sollievo immediato.

Certi ragionamenti, però, conservano la loro freschezza poco tempo e, purtroppo, non c'è modo di surgelarli. Sul momento ti fanno stare meglio, dandoti l'impressione di aver ripreso il controllo della tua esistenza, ma già dopo qualche ora scopri che non ti convincono affatto.

Un breve esilio a casa di Stefania le avrebbe fatto bene, si disse.

– Giulia non sta attraversando un momento facile, lo sai. Domenica sarò di nuovo a casa, – comunicò a Gianfranco.

– E mi darai la risposta che aspetto?

– Sí.

Il vice commissario si ritenne soddisfatto, si disse che doveva considerare quel breve periodo una meravigliosa preparazione alla propria felicità.

A casa di Stefania c'era un sofà spietato, lungo e stretto, dove aveva già dormito in passato: da quell'esperienza Caterina aveva imparato che si può provare rancore anche verso un divano. Comunque la scomodità non le importava, per il momento sentiva soltanto il bisogno di una fuga, di nascondersi: dormire male un paio di notti non poteva preoccuparla, in quel momento.

Trascorse due giorni nell'affettuosa provvisorietà di quel luogo, a bere tè e a chiacchierare con quell'amica che aveva fatto della preoccupazione una silenziosa consuetudine. Ogni ora che si lasciava alle spalle, l'avvicinava all'obiettivo: liberarsi per sempre da una follia che rischiava di demolire la simmetria della sua vita.

Il sabato pomeriggio, quando la maratona era arrivata ormai all'ultimo chilometro, Stefania uscí per una commissione e Caterina si sedette sul divano maledetto in compagnia di quel piccolo, malinconico mistero che era Giulia. Le prese le mani tra le sue e la ragazza poggiò la testa sul seno di quel surrogato di zia. Allora Caterina cominciò a carezzarle i capelli, come faceva da piccola con la sua bambola preferita. Sapeva che stava per compiersi il suo destino, unico e irrilevante come quello di tanti altri.

– Vedrai, bambina adorata... vedrai che le cose andranno sempre meglio, sempre meglio... se tu potessi anche solo immaginare quanta felicità ti aspetta... finirai il liceo, poi sceglierai qualcosa da studiare all'università, qualcosa che ti piaccia... al primo esame avrai tanta paura, ma tanta... però andrà benissimo e tu sarai contenta e scoprirai di essere forte, molto piú forte di adesso, e sentirai di avere fiducia in te stessa... perché è di questo che hai bisogno: fiducia in te stessa... e sai poi che cosa succederà? Che t'innamorerai...

Mentre proiettava sul muro immacolato della coscienza di Giulia le immagini di un futuro benedetto, Caterina s'accorse che stava piangendo: fantasticare sulla felicità altrui rischia di far pensare alla propria. Giulia si tirò su e guardò quell'adulta cui la madre l'aveva affidata e che lei, ora, non sapeva a chi affidare.

– Perché? – Giulia fece una fatica enorme a proferire quelle due sillabe. A farla uscire dalla sua apatia non erano servite le terapie, né i tentativi della madre o le tante simulazioni di normalità cui era stata sottoposta, nel corso di quegli ultimi mesi. Per un istante, ci riuscí la premura nei confronti di una vecchia amica in difficoltà.

– C'è una persona... è la persona sbagliata per me, questo l'ho capito, lo vedo con chiarezza, lo so... – Caterina non avrebbe mai immaginato di lasciarsi andare a quella confessione proprio con Giulia. – Mi rendo conto perfettamente che devo troncarla sul nascere. Anzi, l'ho già fatto. Le cose stanno rimettendosi a posto, cominciano ad andare abbastanza bene. È ovvio che all'inizio ci sia un po' di smarrimento, che io senta la sua mancanza... non sono una ragazzina, so come vanno certe questioni... a questo punto, quello che devo fare è molto semplice...

– Devi andare da lui, subito –. La frase era uscita dalle labbra di Giulia e l'aveva colpita all'improvviso, lasciandola rintronata come un passante ignaro scambiato per un manifestante e manganellato dalla polizia.

Sentí sbriciolarsi in un istante tutte le sue evidenze. Guardò con gli occhi sbarrati Giulia, che però era già rincasata in se stessa e aveva la testa voltata dall'altra parte.

Rimase inebetita, un recipiente vuoto posato sopra quella canaglia di divano. Poi si alzò e brancolò per l'appartamento, andò su e giú senza senso, come fanno i giocattoli a carica. Fu presa da un'ansia struggente, indefinibile. Pensò di uscire e tornare a casa, ma s'arrestò: non voleva lasciare Giulia sola. Erano le diciannove e trenta, mancavano solo una decina di minuti al punto di non ritorno.

– È meglio cosí, è la cosa giusta da fare, – si ripeté ancora una volta. Tornò a sedersi vicino a Giulia, finché la disperazione non la riempí fino a traboccare.

– Avete una radio? – chiese alla ragazza e la paura di sentirsi rispondere di no le troncò il fiato. Ma Giulia non rispose no, non rispose proprio nulla, non era piú in quella stanza già da qualche minuto. Allora Caterina cominciò ad aggirarsi per l'appartamento cercando un passaggio, un ingresso, una porticina attraverso la quale far entrare Antonio. Vide un frullatore, una lavatrice, una planetaria, un frigorifero, un tostapane: un tourbillon di elettrodomestici inutili, senz'anima. Il tempo ormai era scaduto. Si sedette su una sedia con il viso tra le mani, poi alzò lo sguardo, come se qualcuno avesse fatto un fischio per attirare la sua attenzione.

In cucina, sopra una mensola, c'era una radiolina.

Prenderla e accenderla furono quasi lo stesso gesto. Sapeva che era inutile girare la manopola per cercare una frequenza precisa, quindi tenne in grembo il congegno, in attesa. La radio gracchiò un poco, poi orchestrò i fiati e gli archi in una melodia che non aveva mai udito. E dopo quella canzone ce ne fu un'altra e un'altra ancora.

Non c'era sofferenza dentro di lei, si disse, solo un'assenza assordante, un vuoto pneumatico che la annientava. Non avrebbe piú sentito Antonio, anzi, forse non l'aveva mai sentito, s'era trattato soltanto di un desiderio talmente forte e concreto da diventare suono e parole e sentimento. In quell'istante, il futuro piú distante che riusciva a immaginare era il respiro successivo.

– Sei una donna impossibile.

– È vero –. Nel rispondere, la voce di Caterina, come un eroe delle comiche, inciampò e sbatté contro tutto ciò che incontrava. Ora sorrideva tutta sola, seduta nella luce fredda, a mezzo metro dalla pentola piena per metà di minestrone che la guardava da un fornello.

– Grazie di avermi richiamato –. Antonio mostrava la gentilezza dei sopravvissuti, l'amabilità di chi ha conosciuto una grande paura ed è riconoscente al destino d'averla fatta franca.

– Grazie a te d'essere tornato, – replicò Caterina, senza riflettere su quello che diceva. A volte, in un momento di felicità o di debolezza (istanti che spesso coincidono), le donne rinunciano a trincerarsi dietro frasi non dette o risposte metalliche, decidono di non difendersi per un po' dalle scorrerie degli uomini che amano. Dicono ciò che pensano e sono completamente vulnerabili. È un privilegio riservato alle persone che ritengono importanti, quelle senza le quali non sanno vivere.

– Adesso devo tornare di là, da Giulia.

– Lo so. Spegni pure, io sto bene.

Dopo settimane di tormento, Caterina ebbe l'impressione che per un attimo la tramontana che aveva dentro si fosse placata.

Mancava poco alla chiusura.

Nella pasticceria avrebbe dovuto esserci un'atmosfera da peschereccio che torna in porto dopo una giornata al largo con la stiva mezza vuota. Invece si avvertiva una certa inspiegabile elettricità, il cui voltaggio non sarebbe bastato a illuminare un grattacielo, ma un salone delle feste sí.

Shu prese la scopa per spazzare, Carla però le fece cenno di darla a lei, benché si trattasse di un compito che spettava alla piú giovane, sulla base dell'affettuosa gerarchia in vigore tra le due commesse.

– Tu vatti a preparare!

Il senso del dovere di Shu, esasperato dalla sua mentalità orientale, le impediva di arrendersi e mollare la ramazza. Vi restò aggrappata senza dire una parola, mentre Carla tentava di strappargliela e Caterina passava tra loro, in mano una Saint Honoré che avrebbe vinto facilmente un concorso di bellezza per torte.

– Che succede?

– Vuole spazzare lei, ma io direi che è il caso si dia una riassettata, no?

– Lavoro mio, mio... io devo fare, io devo fare... – Convincere un monaco buddista a vestirsi da Elvis sarebbe stata un'impresa piú facile.

– D'accordo, non litigate... Shu, stasera non è necessario che lavi il pavimento...

– Io sí! Devo! – C'era una disperazione autentica nel tono di Shu.

– Ascoltami, sono io la proprietaria, va bene? Tu sei una mia dipendente, quindi se ti dico di fare una cosa, tu la fai... ma se ti dico di non farla... beh, non la devi fare! I rapporti con il nostro prossimo si basano su meccanismi curiosi: certe volte per imbrogliare qualcuno lo devi trattare con dolcezza, altre, per aiutarlo, lo devi strapazzare.

– È... ordine? – Shu pretendeva uno scarico di responsabilità completo.

– Sí... è un ordine! – Caterina si sentiva ridicola, nel ruolo di sergente maggiore. Shu smise di agitare la scopa, mentre la figlia del signor Augusto, l'avvoltoio dei bignè, entrava nel negozio con una maschera tragica sul volto.

– Purtroppo mio padre... – disse restando in piedi al centro del piccolo spazio.

Il ricordo di quel vecchio giaguaro acquattato nella modesta savana della sua pasticceria, in attesa di ghermire una preda alla crema o al pistacchio, riaffiorò nella mente di Caterina che, seguendo con scrupolo le istruzioni ricevute, gli aveva sempre impedito la caccia.

– Cosa gli è successo? – Esistono individui «vitafobici», che non possono essere esposti ai problemi altrui perché troppo sensibili, capaci di provare un profondo dispiacere e autentica preoccupazione anche nei confronti di persone con cui hanno scambiato solo poche parole. Caterina faceva parte di questa minoranza e ora sentiva una vera pena per la sorte del signor Augusto.

– È ricoverato... speriamo che si salvi...

– Quanto mi dispiace... il cuore?

– No... una crisi iperglicemica... ha mangiato un intero vassoio di paste...

Durò soltanto un secondo ma Caterina si sentí in colpa per il lavoro che faceva.

– Com'è potuto succedere? – domandò.

– Le poche pasticcerie della zona lo sapevano, che non dovevano dargli dolciumi di nessun genere. Avevo parlato con tutti i proprietari come ho fatto con lei. Allora papà ha preso l'autobus ed è andato in un altro quartiere...

La donna confessò che aveva pensato addirittura di distribuire foto segnaletiche a tutti i negozi della città, ma alla fine aveva desistito perché le era sembrato un progetto folle. Ora se lo rimproverava.

– Ma adesso come sta?

– È in coma... da tre giorni...

– Se posso fare qualcosa... – Una frase assurda e sincera al tempo stesso. Se quella donna le avesse proposto un modo qualsiasi per rendersi utile, Caterina avrebbe accettato senza esitazione.

– Grazie. Speriamo che vada tutto bene e che papà si rimetta presto...

Le due donne s'abbracciarono, unite dagli stessi valori, quelli della glicemia del signor Augusto, soprattutto. Poi la cliente uscí.

Fu a quel punto che Shu uscí dal retrobottega. Si era tolta la divisa che indossava durante le ore di lavoro, aveva messo un vestito blu e scarpe con un po' di tacco. Inoltre, ecco una svolta imprevedibile, s'era truccata.

– Sei proprio bella, ragazza mia, – disse Caterina, e per la prima volta provò quello che milioni di donne detentrici di prole provano quotidianamente: orgoglio materno. Un piccolo abuso condonabile in virtú dell'affetto.

La causa di tutto quell'allestimento scenico, del trucco e dell'eccitazione generale, entrò nel negozio dopo aver passeggiato nervosamente per piú di venti minuti a qualche centinaio di metri di distanza.

Il signor Liang s'era tirato a lucido; i capelli, la giacca, le scarpe nuove, tutto in lui esprimeva il massimo sforzo di piacere e sembrava voler dire: «Scusatemi, ma piú di cosí non posso».

Appena fu nella pasticceria andò in debito d'ossigeno e si fermò a riprendere fiato, come se dovesse affrontare una lunga salita. Lo scompiglio che sentiva nel petto gli impediva una visione panoramica, riusciva a vedere solo ciò che gli stava davanti agli occhi, in un raggio di pochi metri. Inquadrò Caterina e le rivolse un rapido inchino, poi il suo sguardo si schiantò su Shu.

– Ohhh!… – un sospiro di autentica sorpresa, una pura espressione di ammirazione e sottomissione uscí dalle sue labbra, confermando, benché non ce ne fosse bisogno, che era un uomo del tutto incapace di strategie, soprattutto in amore. «Fai di me quello che vuoi, masticami, usami come zerbino vivente davanti all'uscio della tua anima e calpestami», ecco cosa comunicava con quella sommessa esclamazione. Shu sorrise, un movimento delle labbra grazioso che faceva pensare al gesto di benevolenza di una sovrana, piú che alla promessa di un'amante. L'incontro s'era trasformato in un singolare fermo immagine: due principianti che non sanno quale mossa azzardare per iniziare la partita. A sbloccare questa fase di stallo intervenne come al solito Caterina.

– Vi auguro una serata bellissima!

Quelle parole avrebbero dovuto essere il getto dell'idrante che scaglia lontano cose e persone. Il signor Liang però aveva l'espressione di chi si sta strozzando con una polpetta, era paonazzo e muoveva la bocca senza dire nulla. Shu, dal canto suo, continuava a sorridere. Carla allora decise di spingerli fuori fisicamente. Si avvicinò e li cinse per le spalle.

– Su, su, non state qui a perdere tempo… andate a divertirvi!

Quando furono usciti, guardò Caterina e con un sorriso burbero scosse la testa.

– Che fatica… bisogna faticare per tutto, pure per convincere la gente a stare bene…

È vero, si disse Caterina, sono in tanti che non riescono a rassegnarsi all'idea di essere felici. E nemmeno a quella di essere infelici, però… Si ricordò che qualcuno attendeva una risposta da lei e il buonumore andò a nascondersi dietro una ruga della fronte.

La mattina seguente, Caterina uscí presto di casa per un recondito desiderio di latitanza. Rimbalzò tra l'ufficio postale, la tintoria e la profumeria, passò in banca a pagare una tratta e quando arrivò in pasticceria erano quasi le dieci e mezza. Vide Shu intenta a passare in rivista la pasticceria da tè, ma prima ancora di riuscire a organizzare una raffica di domande sulla sua serata col signor Liang, si sentí chiamare a mezza bocca da Carla: Gianfranco la stava aspettando in laboratorio. L'atteggiamento da loggia massonica della sua collaboratrice le diceva che le persone amiche stavano alzando uno scudo protettivo intorno a lei, anche se il pericolo che percepivano era ancora oscuro.

Giancarlo le accarezzò con enfasi una guancia: difficile capire se si trattava di vera tenerezza o della sua sorellastra dal carattere melodrammatico, la moina.

– Non vedevo l'ora di rivederti, – aggravò la situazione parlando.

Caterina non se la sentí di ricambiare quella frase palpitante con l'enormità di un «anch'io», quindi si limitò a increspare le labbra in un sorriso.

– Allora, ci hai pensato? – Gianfranco non voleva perdere tempo né attendere che il discorso andasse dolcemente nella direzione che desiderava.

– Sí... ma forse non abbastanza –. Caterina sperò con tutta la forza che le rimaneva di non dover subire un accerchiamento. Un'illusione, purtroppo.

– Ma come? Questo mi fa capire che non sei per niente entusiasta di diventare mia moglie...

«Esatto» è la risposta giusta che spesso non possiamo permetterci di dare.

– Non è questo... è che si tratta di una decisione importante... molto importante... non c'è niente di male se ci prendiamo un po' di tempo prima di... – Caterina era in difficoltà, Gianfranco però doveva aver dimenticato la clemenza nella tasca di un vecchio cappotto.

– Prima di cosa? Di rovinarci la vita?

Ancora una volta, la politica estera della pasticciera virò verso la prudenza, evitando le pericolose incrinature che la sincerità causa spesso nel cristallo dei rapporti umani.

– Non volevo, scusami... sono convinta che un passo così non possa essere fatto alla leggera, tutto qui, non ci corre dietro nessuno...

L'effetto urticante del buonsenso è rinomato, specie su chi ha una certa predisposizione a irritarsi. Gianfranco avrebbe voluto camminare nervosamente per la stanza, non fosse stato che il locale nel quale si trovavano era di pochi metri quadrati. Si limitò dunque a una curiosa coreografia, fatta di braccia allargate all'improvviso e piccoli spostamenti del tronco.

– Mi aspettavo un'altra risposta... davvero, me ne aspettavo un'altra... – Nel suo tono c'era disperazione e a Caterina dispiaceva nel profondo dell'anima di non amarlo fino ai crampi allo stomaco, di non potergli dire «sí» e abbracciarlo come lui desiderava.

– Penso che non sarebbe onesto dirti qualcosa di diverso da questo...

– Sí, onestà... come quella di tuo fratello... dev'essere un marchio di famiglia...

Voleva ferirla, ciecamente, con tutta la scorrettezza di cui è capace un uomo sofferente. Caterina sentí la pietà trasformarsi in indignazione e la lontananza da quell'uomo aumentare d'incanto. I loro cuori erano su due continenti diversi.

Il vice commissario uscí dal negozio a testa bassa, senza salutare nessuno: il cielo era grigio, il mondo crudele, l'umanità ottusa, il marciapiede dissestato. Una lieve fitta oltretutto gli ricordò che, anche in quel momento difficile, la sua sciatica non lo lasciava solo.

Caterina si tenne le mani in mano, seduta nella piccola stanza piena di dolciumi. Fissava il pavimento, come se aspettasse una risposta dal linoleum. Entrarono le commesse, silenziose e con espressioni gravi stampate sulla faccia, due prefiche in divisa rossa.

– Tutto bene? – Se avesse risposto veramente a quella domanda, avrebbe dovuto parlare senza sosta per almeno tre ore, accalorarsi, deprimersi, arrabbiarsi. Per questo, si limitò a dire solo: – Bene, certo –. Poi si ricordò della serata di Shu e le chiese com'era andata. La ragazza si lasciò sfuggire un risolino, il massimo apprezzamento che il suo senso del pudore le permetteva.

– Ti ha baciata? – La praticità di Carla squarciò le tenebre.

– No, – divenne improvvisamente seria Shu. Il protocollo «corteggiamento» non prevedeva un azzardo del genere.

– Ma ti pare! – aggiunse Caterina, cercando di normalizzare le tradizioni di un Paese talmente diverso da sembrare un altro pianeta.

– Che imbranato... – chiosò Carla, che delle differenze culturali se ne fregava.

Non riuscirono a cavare molto di bocca a Shu, se non che era stata una cena piacevole: lei e il signor Liang avevano parlato delle rispettive famiglie e lui aveva lodato la sua semplicità, la sua modestia, la grazia delle sue mani.

– Sono molto felice per te, – disse Caterina, mentre Carla non aveva nessuna intenzione di accontentarsi e mollare l'osso. Prese sottobraccio la collega e cominciò a crivellarla di domande impertinenti, cui solo una pazienza temprata a migliaia di chilometri di distanza poteva resistere. Alla fine gli assalti cessarono, la grande muraglia

della cortesia di Shu li aveva respinti senza dover far ricorso a risposte aspre.
- Almeno... ti piace? - L'artiglieria molisana aveva sparato l'ultima bordata.
- Gentile... - fu l'unica concessione di Shu.
- Pure mio zio è gentile. Ha settantadue anni e porta un parrucchino sale e pepe. Se vuoi ti presento anche lui... - Carla accettava il verdetto del campo, ma stringere la mano all'avversario, beh, quello lo andassero a chiedere a qualcun'altra.

Caterina rientrò a casa esausta, dentro aveva uno stabilimento che produceva pensieri, ansie, ipotesi, speranze. Gianfranco non si sarebbe certo fatto vedere quella sera, era offeso, addolorato. Un nemico. Aprí il frigo e mangiò, seguendo la dieta autolesionistica che applichiamo tutti in situazioni del genere.

S'impose di non accendere la radio.

Ci sono circostanze in cui ci sembra che rimanere completamente immobili ci aiuterà a non essere notati dalla sfortuna. Qualche volta funziona.

È un dato, le preoccupazioni si svegliano sempre qualche minuto prima di noi. Quando apriamo gli occhi sono già lí che ci aspettano, un cane ai piedi del letto in attesa di essere portato fuori per la passeggiata.

Appena preso il caffè, Caterina si sentí agitata da quel folgorante bisogno di certezze che, dopo averci inseguiti a lungo, finisce per raggiungerci tutti, uno per volta. Una voce alla radio: questo era diventato il motore che spingeva avanti le sue giornate. Era come posare un armadio quattro stagioni su un pavimento di meringa. Il richiamo di quella voce era irreale, ingannevole, continuare ad ascoltarla significava dare il beneplacito alla demolizione della propria esistenza. Tutti hanno paura di mettere a rischio quello che hanno costruito, foss'anche una baracca in lamiera ondulata.

Eppure Antonio esisteva. Non ne aveva le prove, ma sapeva che era cosí. Ci sono dei casi, però, in cui essere convinti della propria opinione non basta, si pretendono dei testimoni.

L'analisi dei candidati venne fatta con rapidità, a mente: Carla e Shu, per motivi diversi, apparivano inadatte a una prova del genere, una troppo concreta, l'altra troppo distante, da tutto. Vittorio aveva già i suoi problemi da risolvere, mentre Susanna, appena appresa la notizia, sarebbe corsa al supermercato per impadronirsi del microfono e informare l'intero quartiere.

Rimaneva solo Stefania.

Disponendo però Caterina di una coscienza perfettamente funzionante, fu colta dallo scrupolo di non caricare sulle spalle della sua vecchia amica, considerata la dolorosa situazione della figlia, anche il peso di un segreto cosí inquietante. Eppure era l'unica che le infondesse un senso di affidabilità. Cosí, decise di telefonarle e di chiederle di passare da lei nel pomeriggio.

Quando entrò nell'appartamento, Stefania avvertí qualcosa di insolito, l'aria sembrava troppo densa per essere respirata senza sforzo. Caterina l'afferrò per una mano e la portò in soggiorno, la fece sedere sul divano e prese posto vicino a lei.

– Devo chiederti una cosa importante.

Lo sguardo di Stefania si fece piú intenso.

– Mi succede un fatto strano, da un po' di tempo... che rischia di farmi impazzire... ho bisogno dell'aiuto di una persona amica e quando penso a una persona amica la prima che mi viene in mente sei tu...

Stefania non disse nulla, le richieste d'aiuto ci fanno accorrere in pigiama e ciabatte oppure ci spaventano, a seconda di come siamo fatti.

– ... insomma... è inutile che la faccia tanto lunga... ti prego solo di credere che quello che dico è vero... ecco, vorrei capire se è vero solo per me... io sento una voce, una voce che mi parla da dentro la radio... questo sarebbe normale, lo so... solo che questa voce parla proprio a me... mi chiama per nome, mi dice che mi ama... mi rendo conto che è una follia, che non si può credere a una cosa del genere...

Stefania rimaneva ancorata al divano, la sua espressione era indecifrabile, i muscoli della faccia bloccati.

– ... ho bisogno che tu l'ascolti... che mi dica che non sono pazza... mi serve il tuo parere... il tuo consiglio...

Caterina si alzò e l'amica fece altrettanto.

– Vieni con me... – L'aria era diventata ancora piú densa, ora somigliava a un tuorlo d'uovo sbattuto. Caterina condusse Stefania vicino alla porta dello sgabuzzino che affacciava sulla cucina, l'aprí e, con grande dolcezza, la spinse dentro.

– Rimani qua... non credo che lui possa vederti... e ascolta... ascolta quello che mi dice... per me è fondamentale sapere cosa ne pensi... grazie, grazie di cuore...

Mentre Stefania nel buio continuava a chiedersi se era proprio reale quello che le stava capitando, Caterina chiuse la porta, si avvicinò all'apparecchio radiofonico e, dopo averlo fissato per qualche secondo, lo accese. Dall'amplificatore uscirono gli accordi di un brano hard rock, una secchiata d'acqua fredda che Caterina non si sarebbe mai aspettata di sentirsi tirare addosso.

– Come stai?

– Bene... e tu? – Nel rispondere, Caterina voltò istintivamente la testa verso lo sgabuzzino.

– Sto bene. Sono due giorni che non accendi... devi avere avuto molto da fare... – No, il tono di Antonio non era rilassato.

– Vero... e tu cos'hai combinato?

– *Come stai, cos'hai combinato...* che bella conversazione... vuoi parlarmi anche della bassa pressione che sta interessando il bacino del Mediterraneo? – Se la voce umana potesse contenere dell'acido, con quella che usciva dalla radio ci si sarebbero potuti pulire i sanitari di un paio di caseggiati popolari. L'imbarazzo di Caterina era evidente, anche se cercava di mascherarlo.

– Ho avuto un sacco di pensieri, d'idee per la testa, in questi giorni. Non me la sentivo di accendere, tutto qui... – Non aveva intenzione di stare ferma all'angolo a incassare, questo voleva fargli capire.

– Non avevi tempo da perdere con me, insomma.

Caterina, allora, comprese che Antonio aveva sofferto per due giorni, perdutamente, s'era interrogato, aveva congetturato fino a giungere a una conclusione, infantile e abissale: «Non mi vuole piú bene». Comprese tutto questo e la sua anima fu attraversata da una grande pena e da una tenerezza infinita.

– Non è questo, credimi, – disse. – La mia vita non è facile... – Appena l'ebbe pronunciata, Caterina si pentí di quella frase cosí insulsa e irrilevante.

– Le vite degli altri, invece, sono passeggiate in centro il sabato pomeriggio –. Un goal a porta vuota.

– Certo che no... voglio dire che in questo momento ho un sacco di problemi... e mi sembra di non essere per niente in grado di risolverli...

– Sai cosa ti servirebbe, per risolvere i tuoi problemi? Un'amica... un'amica che ti stia a sentire, che creda alle cose che le racconti... tipo quella nello sgabuzzino...

Tutti siamo stati scoperti almeno una volta nella vita, quindi sappiamo esattamente cosa provò Caterina. Guardò verso la porta dietro la quale si nascondeva Stefania, trovandola immobile. A muoversi, nel corpo della spaventata testimone, erano giusto un paio di gocce di sudore.

– Tu lo sapevi... da quando ho acceso? – disse la pasticciera con una voce acrilica.

– Sei fiera di me? – rispose Antonio, ed era un uomo cattivo, in quel momento. La battuta di quella brutta sceneggiatura che a volte è la vita a questo punto recitava: – Non vuoi farmela conoscere? – Lui la pronunciò senza esitazioni.

– Non era una cosa contro di te. Non volevo offenderti. Solo che quello che sta succedendo è assurdo! Lo capisci o no che è assurdo? Tu... tu sei assurdo!

– Complimenti, potresti avviare un bel commercio di buonsenso, esportarlo addirittura... Se la pensi cosí, potevi evitare di richiamarmi!

La porta dello sgabuzzino si schiuse lentamente e Stefania venne fuori. Non guardava da nessuna parte, teneva gli occhi piantati sul pavimento e tremava. Caterina non si accorse di lei, presa com'era a litigare con un suono articolato.

– Se ti ho richiamato un motivo c'era! Ora capisco che sbagliavo!

– E quale sarebbe questo motivo? – Antonio voleva proprio sentirselo dire.

– Lascia perdere, è stato un errore! – Una donna arrabbiata non ti dirà mai quello che vuoi sentirti dire. Stefania intanto avanzava con passi di formica verso l'uscita.

– Hai fatto bene a portare il pubblico... la prossima volta una ventina di persone, magari cinquanta... tutti a sentire il mostro, il fenomeno da baraccone! Se vuoi mi metto anche a ululare! – Antonio aveva ormai perso del tutto il controllo.

– Non ci sarà una prossima volta! – Caterina spense, con rabbia. Andò al rubinetto dell'acqua, lo aprí, riempí un bicchiere ma non lo bevve. Fu solo allora che si ricordò di Stefania. La trovò a un passo dalla porta d'ingresso, a mezzo metro da una fuga che certo desiderava piú di ogni cosa. Caterina lo sapeva bene: non era una donna forte, il poco vigore che riusciva a racimolare in sé le serviva per aiutare la figlia, compito che spesso le sembrava superiore alle sue forze.

– Ti sei spaventata? – le chiese. – Non c'è niente di cui avere paura, credo... Adesso che hai ascoltato, capisci in che stato mi trovo. Io non so darmi spiegazioni, di nessun tipo... non mi aspetto che tu ne abbia, ho solo bisogno di un'amica che condivida con me questa cosa... che mi faccia sentire meno sola e meno... meno in balía, ecco...

Stefania la guardava con aria disperata, ascoltava senza capire una parola. Scuoteva la testa e insieme le mani, all'unisono, come uno di quei bambolotti che certi automobilisti tengono sul pianale posteriore della macchina.

– Non voglio saperne niente... non voglio saperne niente...

– Ora stai tranquilla, ti prego, stai tranquilla... è finita... non volevo che ti agitassi, non avevo intenzione di crearti dei problemi... Dio, quanto mi dispiace...

– Non voglio saperne niente... Io non posso, capisci? Non posso... – Stefania non era in grado di ragionare: quello che aveva sentito, nascosta tra scopettoni e scatole di conserva, le diceva che la realtà non si atteneva neppure a quelle poche regole che lei aveva sempre creduto la governassero. Abbandonò l'appartamento con la velocità del delinquente che fugge dalla scena del crimine.

Caterina si accasciò a terra, pensando di aver sbagliato ogni mossa in vita sua, una giocatrice di scacchi maldestra che adesso aspettava solo il matto dell'avversario.

Aveva sbagliato con Gianfranco, commesso una serie infinita di errori nel rapporto con Vittorio, sopravvalutato l'amicizia di Stefania, dato troppo spago a un uomo che non esisteva. Se un giorno avesse deciso di saltar giú da un treno in corsa per fare una foto, non ci sarebbe stato da meravigliarsi.

A un tratto, la portafinestra del soggiorno le sembrò un confine insopportabile. Dopo aver combattuto qualche istante con la maniglia difettosa, l'aprí e uscí sul terrazzo. L'aria era fredda, il rumore del passaggio delle automobili andava diradandosi. Si mise a strappare le foglie secche a una pianta dentro un vaso, senza un motivo.

Alzò gli occhi al firmamento e li fissò sulle luci intermittenti di un aereo. Su quella di Dio potevano esserci dei dubbi, ma sull'esistenza di un tale che, nell'alto dei cieli, in quel momento stava chiedendo a una hostess del caffè e dei biscotti non ce n'erano di sicuro.

Terribile è l'ira dei giusti, ma anche quella degli imbecilli può fare grossi danni. Gianfranco elucubrava, nel suo piccolo ufficio di dipendente pubblico. Aveva subíto un affronto difficile da digerire, specie per un tipo come lui, che soffriva di una forte gastrite da mondo esterno. – Lasciala perdere, non t'incaponire... quando s'accorge che t'allontani vedrai come torna sui suoi passi! – A parlare era la saggezza di un ispettore che, questo pensava il vice commissario, si prendeva sempre troppa confidenza. Gianfranco, in un momento di debolezza, gli aveva raccontato i suoi problemi con Caterina e ora il collega («... collega un piffero, io sono vice commissario!») si dilungava in considerazioni, affermazioni, analisi. Un uomo che aveva la fastidiosa tendenza a tirare le somme, specie se l'addizione riguardava gli affari altrui.

– Sei bello, hai una posizione invidiabile... ma dove va 'sta donna, dove va? Sarebbe proprio stupida...

Gianfranco annuiva ma senza troppa convinzione, sentiva che qualcosa non quadrava. Quello che ci sfugge, in genere, è sempre l'elemento piú importante, del quale un'altra persona meno coinvolta di noi si accorge immediatamente. Soffriva, il vice commissario, anche se era difficile appurare se si trattasse di sofferenze d'amore o d'amor proprio. Provava del rancore verso Caterina, la donna cui avrebbe voluto legarsi fino alla fine dei suoi giorni, da cui desiderava dei figli. Detestava la persona che amava di piú al mondo, con un salto mortale emotivo che in molti tentano con successo.

Stefania era tornata a casa di corsa, a testa bassa, scansando persone, automobili e il ricordo freschissimo di ciò che aveva appena vissuto. Nella sua anima, il comparto riservato all'angoscia era riempito del tutto dal pensiero di Giulia, non c'era spazio per nient'altro. E Caterina lo sapeva: non avrebbe dovuto tirarla dentro quella storia, senza considerazione né rispetto per la sua condizione di madre in difficoltà.

– Non me lo doveva fare... non doveva... – questo si ripeteva Stefania durante il suo slalom urbano, nel quale riusciva a non guardare in faccia nessuno. Anche lei, a modo suo, provava rancore verso Caterina.

Intanto, nella sua tabaccheria, Ernesto rifletteva, nei limiti delle sue possibilità, sul nobile sentimento che nutriva per Caterina e che lei, allo stato dei fatti, dimostrava di non comprendere.

«Io l'amo. Ci ho pensato e l'amo. Lei invece mi tratta con sufficienza, mi tiene a distanza, gioca con me, approfitta della mia debolezza. Chi crede di essere? Dovrebbe accendere un cero in chiesa, per il fatto che m'interesso a lei...» Il signor Guidotti distorceva la realtà con l'abilità di un manipolatore di palloncini. A fomentare il suo rancore era il desiderio frustrato.

«Eh, ma la ruota gira...» si diceva, mentre allungava una confezione di tabacco da pipa a un cliente.

Vittorio e Susanna parlavano sempre piú spesso tra loro di Caterina, che ignorava di essere l'oggetto di quelle conversazioni. Vittorio era convinto che il padre le avesse lasciato una cifra consistente, per aiutarla ad avviare l'attività commerciale. Una cifra molto superiore a quella che aveva destinato a lui. Non era vero, ma questo non bastava a scalfire quella certezza, un blocco marmoreo che nel corso degli anni era aumentato di volume, diventando sufficiente a realizzare una scultura ambiziosa. Susanna si guardava bene dal ridimensionare quella convinzione, anzi, aggiungeva al rancore di Vittorio alcune misure del suo. Si era sempre sentita giudicata da Caterina per il suo comportamento con gli uomini e ora si sentiva giudicata per la sua relazione con il fratello. Anche in questo caso si trattava di un prodotto artigianale, quello della fantasia di Susanna, pasturata da una grettezza che non era facile intuire subito sotto quei modi cordiali e anticonformisti.

– Devi parlarle... – suggerí la bionda a Vittorio, che l'ascoltava tenendo la faccia immersa tra i suoi seni.

– Sí, lo so.

– Quando pensi di farlo?

– Presto –. Il discorso, almeno per Vittorio, era chiuso.

Ignara di quella parata di rancori che marciava nella sua direzione, Caterina aveva ripreso a preparare dolci.

Carla e Shu studiavano ogni suo movimento. La guardavano mentre impastava, glassava, farciva. Tutta quella serenità le impensieriva. Perdere un uomo come Gianfranco poteva generare sconforto in una donna che meritava un compagno del genere, entusiasmo in tutte le altre.

– Non mi piace... non lo so, ma non mi piace... – era il commento di Carla a quell'atteggiamento cosí distaccato. Shu rispondeva in cinese e la questione finiva lí.

Caterina, nel suo laboratorio, si fermava ad ammirare la torta di frutta che aveva finito di decorare.

Nei periodi in cui siamo tartassati dalla scalogna, angariati da una divinità minore e bastarda, può capitarci d'incontrare delle piccole oasi nelle quali – e la cosa sorprende noi per primi – non stiamo male. Poi il cammello riprende la sua marcia, né può essere altrimenti.

Nel guardare le architetture di mirtilli e fragole che aveva appena creato con le proprie mani, Caterina pensava che un po' d'armonia, forse, era ancora possibile.

L'ambientazione ha una certa importanza, in questi casi. C'è addirittura chi fa dei sopralluoghi, prima di organizzare un incontro amoroso, come si trattasse di scegliere la location per la scena di un film. Caterina aveva preso l'automobile e guidato fino ai pratoni, dove c'è il grande galoppatoio. Nella staccionata che delimita il vasto spazio verde, ci sono delle brecce attraverso cui è possibile immergersi in centinaia d'ettari d'erba, alberi e ostacoli per cavalli.

Caterina s'introdusse in tutta quella natura scandalosa e fece esattamente ciò che, in una situazione del genere, viene istintivo a chiunque viva in città: respirò a pieni polmoni. Quell'angolo di pianeta non riteneva indispensabile la presenza degli uomini, la tollerava sotto forma di bambini che giocano a palla, sporadiche coppiette che si scambiano effusioni in anfratti strategici, saltuari cavalieri e amazzoni di passaggio.

Caterina aveva con sé un borsone di quelli che si usano per andare in palestra. Superata la recinzione, s'incamminò verso una collinetta che costituiva un orizzonte vicino e rassicurante. Sulla cima c'era un acero maestoso.

Aprí il borsone, tirò fuori un plaid e lo stese per terra, sotto quella pianta cosí autorevole. Poi, estrasse una radiolina e si sedette sopra la coperta. Intorno, tutto sembrava garantire l'esistenza di un equilibrio universale. Accese.

– Bel posto.

Stavolta niente ouverture musicale a effetto, Antonio

s'era presentato immediatamente, come se ci tenesse ad arrivare puntuale a un appuntamento importante. E nel suo tono limpido non c'era piú traccia di rabbia.

– Vero? Piace tanto anche a me...

Seguí un silenzio molto lungo, cinque minuti o forse tre ore. Caterina non provava alcun imbarazzo, sentiva il respiro di Antonio nella radio e stava bene.

– Ci sono cavalli, dove vivi tu? – disse lei, che aveva la testa sgombra e avrebbe potuto fare ad Antonio le domande piú strane.

– Sí. Anche cani e scarafaggi. Vuoi che te ne parli?

– No, credo di no, – rise Caterina.

– Perché non mi dici quello che devi dirmi? – scandí la voce.

– Come sai che devo dirti qualcosa?

– Non mi avresti portato in un posto cosí –. Per una volta, era Antonio a sembrare il piú assennato.

– Hai ragione.

– Se vuoi prenderla alla larga, per me va benissimo.

Sul prato, a pochi metri da Caterina, c'era un uccellino mai visto, una di quelle creature che esistono per ricordarci che ci sono altre specie viventi, oltre alle poche che conosciamo. Aveva il becco appuntito e le piume della coda molto lunghe, bianche e nere. Caterina invidiò quell'esserino: per lui contava solo il momento presente, non c'erano ruggini nel passato né ansie per il futuro.

– Sí, voglio prenderla alla larga.

– D'accordo. Alla larga quanto? – Antonio voleva sfruttare al massimo il buon vento che sembrava spingere avanti la barchetta del suo corteggiamento.

– Da quando ero bambina...

– Sí, sí, lo merito... – disse tra sé la voce e si dispose ad ascoltare i ricordi, le inquietudini, l'allegria della sua Caterina, che ancora proprio sua non era. Caterina iniziò a raccontare di quando aveva sette anni: le cose che pensava allora, le sue speranze, le favole del padre mentre lavorava. Quelle cose che tutti abbiamo raccontato a qualcuno una volta o l'altra, la cui sola originalità consiste nel fatto di riguardarci. Antonio ascoltò con attenzione, a tratti con tenerezza, fece domande, rise, si emozionò, insomma, mise in mostra tutta la gamma di reazioni di chi vuol comunicare: «M'interessa quello che dici perché m'interessi tu». L'aria intorno cominciava a farsi piú fresca, Caterina stava parlando da oltre un'ora e non se ne rendeva conto. Dal canto suo, alla voce piaceva immergersi in quel piccolo romanzo collettivo che raccontando la vicenda di un individuo narrava quella di tutti gli uomini.

A un tratto Caterina tacque, la luce del sole s'era intorpidita e a stare fermi si sentiva freddo.

– Vorrei ascoltare una storia curiosa… – le uscí di bocca.

– Curiosa… come? – tentò di capire Antonio.

– Di quelle con la morale alla fine.

Una buffa marcetta scappò fuori dalla radio. Trascorso un minuto, la voce si decise a parlare.

– Esisteva un tale, si chiamava Kiel e viveva in una città né grande né piccola. Non era una cattiva persona, solo che aveva un problema: era un assassino seriale, di quelli che, quando vedono certi individui, sentono l'istinto irrefrenabile di eliminarli. Lui ce l'aveva con i tipi appariscenti, grossolani, che cercano di distinguersi dalla massa omologandosi: quelli che sfoggiano tatuaggi, abbigliamenti eccessivi, acconciature discutibili, bigiotterie eclatanti. Quando scendeva la notte, Kiel usciva da casa e andava in perlustrazione per le strade della città. Girava per i locali finché non trovava il personaggio giusto, quello che piú fomentava il suo fastidio. Lo attirava con una scusa dietro un angolo o dentro un vicolo, lo stordiva e se lo portava via…

Caterina stava a sentire interessata, mentre lo strano uccellino bianco e nero rubava qualche briciola del suo panino con la mortadella.

– … solo che… Kiel aveva una peculiarità: non riusciva a fare del male a nessuno. Un grosso problema, per un serial killer. In realtà un grosso problema per chiunque, sempre che non si abbia l'ambizione di vedere il proprio nome scritto sui calendari vicino agli altri santi. Kiel scaricava il malcapitato di turno dal portabagagli e lo trascinava nello scantinato di casa sua. Lí, però, non era capace di ucciderlo. Non ci provava neanche, lo lasciava incatenato vicino a un pagliericcio, con una scodella e una tazza metallica. In quello stanzone sotterraneo si contavano ormai venticinque persone. Non era neanche piú chiaro se Kiel le teneva prigioniere o le ospitava. Una piccola mandria di umani dalle prerogative simili, un allevamento di creature che, dopo il terrore e lo smarrimento iniziali, avevano iniziato a conoscersi, fare amicizia, addirittura innamorarsi. Kiel li teneva al caldo in inverno e li refrigerava in estate, li nutriva, gli procurava ciò di cui avevano bisogno. Era come avere un'enorme gabbia di criceti, enormi a loro volta. Il serial killer andava a visitarli a volto scoperto, li chiamava per nome, in cuor suo sperava che cambiassero, che quell'esperienza cosí estrema li portasse a diventare persone diverse, forse non migliori, ma almeno piú simili a come Kiel li avrebbe voluti...

Caterina era completamente presa dal racconto, non badava piú a nulla del poco che le accadeva intorno, neppure all'uccellino bianco e nero che le frugava nel borsone con impeto.

– ... quando il numero di prigionieri arrivò a quaranta, Kiel decise di organizzare una piccola, modesta celebrazione. Una festa, direbbe qualcuno. Ordinò un rinfresco e si procurò un bell'impianto per ascoltare la musica. Li liberò, tolse loro le catene. Poi si sedette sul trono d'ebano che aveva comprato da un rigattiere, deciso a godersi la bislacca solennità di quel momento...

– E...? – domandò Caterina.

– ... i prigionieri, tornati liberi, si misero a parlare tra loro e parlarono, parlarono, parlarono... rimpiansero tutti i tatuaggi che non gli erano stati fatti, i pantaloni che non avevano avuto modo di sfoggiare, i piercing cui avevano dovuto rinunciare. E provarono una grande rabbia. Allora guardarono Kiel, il pazzo criminale, il mostro, in un silenzio eloquente. In pochi istanti ebbero ragione di lui, lo legarono sopra un tavolo di legno, lo torturarono, lo smembrarono lentamente e lasciarono i suoi resti nello scantinato, banchetto per le mosche e i topi. Abbandonarono il sotterraneo per non tornarvi mai piú. Prima di salutarsi, Ardel, uno dei pochi che era riuscito con grandi sforzi a mantenere le sopracciglia depilate nonostante le condizioni in cui era stato costretto a vivere per mesi, guardò i suoi compagni e disse, con un sorriso accattivante sulle labbra: «Ragazzi, mi raccomando… teniamoci in contatto!»

– Che storia terribile… e la morale quale sarebbe?

– Che è sempre difficile capire chi è davvero il mostro.

Il silenzio, insieme alla bruma, scendeva sui pratoni. Dopo aver controllato tra i capelli e nella sciarpa di Caterina, l'uccellino bicolore pensò che era saggio tornarsene al nido.

– Bisognerebbe avere piú comprensione per gli infelici…

– Una frase incoraggiante, la sento cucita su di me… – Il concetto di *momento magico*, a volte, esce dagli scaffali della retorica, fa due passi e viene a bussare alla nostra porta.

– È stato un bel pomeriggio, – dichiarò la pasticciera.

– Quindi è già finito…

– Ormai non è piú pomeriggio… è sera, non vedi? – Nel tono, c'era una nota d'incanto.

– Sí… lo sento dall'odore dell'aria –. In questa frase, fermentava la malinconia.

– Ti voglio bene, Antonio.

– Come? – A certe affermazioni, non riusciamo a credere subito.

– Credo di volerti bene.

Quel «Come?» gli era costato l'aggiunta di un verbo che insinuava un dubbio.

– Credi? Allora non ne sei certa… – Tutta l'insicurezza del mondo s'era data appuntamento nel cuore di Antonio.

– Non ti sembra di chiedere troppo?

Ad Antonio non sembrava per niente di chiedere troppo. Voleva soltanto tutto, ogni respiro, ogni gemito, ogni pensiero, insomma ogni tessera del puzzle, per minuscola che fosse.

– No, non mi sembra. Non mi sembra affatto –. C'era qualcosa di definitivo nella voce, una sfumatura di marmo che mise in allarme Caterina.

– Ti voglio bene.

– Lo dirai anche domani? E domani l'altro? Tra un mese, tra un anno?

– Non posso saperlo...

– Non è vero. Io lo so, devi saperlo anche tu! Pretendo che tu lo sappia! In confronto a noi, Giulietta e Romeo sono dei noiosi fidanzatini senza problemi, Paolo e Francesca una vecchia coppia di coniugi che deve decidere dove andare in vacanza... io devo sapere se ti faresti tagliare un braccio per me, e sto parlando del destro, se mi metteresti a letto ubriaco, se sei pronta a perdonare i miei peccati, se sei disposta ad ammettere di essere una cosa che mi appartiene, perché io ti appartengo...

– Mi fai paura... – Caterina era affannata, come quando si fa l'amore.

– Certo! Non possiamo amarci a basso regime, come fanno in tanti... Non possiamo vederci, io forse neanche esisto... non è quello che hai detto? O divento il senso della tua vita, oppure tieni spenta la radio per una settimana, sono io che te lo chiedo.

Era quasi buio e faceva molto freddo. L'uccellino dalla lunga coda, in quel momento, era certo piú al caldo e al sicuro di Caterina.

– Devo andare.

– Vai. Non voglio che rientri tardi... – rispose lui.

Si salutarono, ma con dolcezza.

C'era nebbia lungo la strada, sembrava di guidare avvolti da materiale per imballaggio. Un cane randagio aspettava un nuovo padrone, sul ciglio della strada. Caterina sentiva che qualcosa sarebbe cambiato per sempre nella sua vita, ma non sapeva ancora cosa. E aveva paura di scoprirlo.

Gianfranco aveva deciso: per riprendere il discorso con Caterina sarebbe andato a comprare delle paste. L'imprevedibilità non era certo il punto di forza dei suoi piani. Aveva atteso per due giorni che lei si facesse viva, augurandosi che l'angelo delle fidanzate redente le apparisse nel cuore della notte e l'aiutasse a capire cosa rischiava di perdere. Lui si sarebbe mostrato fermo ma comprensivo, dispiaciuto e allo stesso tempo benevolo, un uomo solido, temprato, propenso a elargire il perdono come le commesse fanno con i campioncini di profumo.

Ma lei non si era fatta viva per niente: non gli restava che abbandonare il bunker e andare a stanare il nemico.

Quando Carla lo vide entrare rimase sorpresa, ma solo un istante.

Gli indirizzò un «Buongiorno, Gianfranco», per fargli sapere che era entrato nel territorio di una tribú neutrale.

– Mi servono un po' di paste –. Il verbo «servire» era forse inadeguato, si possono «volere» delle paste, «desiderare», addirittura: ma delle paste a che ti possono servire? Ti serve del poliuretano espanso se vuoi coibentare una parete. Questo pensò il vice commissario appena dopo aver pronunciato la frase. È strano come a volte, in un momento delicato della nostra vita, ci attraversino la mente dei pensieri singolari quanto inutili. Sei sull'altare per sposarti e ti metti a riflettere sul tempo impiegato dal pittore per dipingere l'affresco nella cappella laterale, ti portano davanti al plotone di esecuzione e, mentre tremi, noti che il terzo fuciliere sulla destra indossa una divisa ridicolmente larga.

– Un po' di pasticceria da tè? – Carla era una donna coerente e portava avanti le sue battaglie con ostinazione.

– Mezzo chilo.

Shu intanto lavorava nel settore cioccolateria, ma non perdeva un singolo fotogramma di quello che stava accadendo.

Mentre Carla confezionava i pasticcini, Gianfranco cercava di sbirciare nel laboratorio. Quando gli fu consegnato l'incarto, capí che non poteva piú sperare in una casualità benigna, doveva mortificarsi e svelare il vero scopo di quella visita, anche se era evidente a tutti.

– C'è Caterina, per caso?

Per caso c'era, visto che quella era la sua pasticceria.

– È nel laboratorio –. Non c'era traccia di amabilità nella voce di Carla, asettica come lo strumento di un chirurgo.

– Allora vado a salutarla un momento, – buttò lí il pubblico ufficiale e scavalcò il banco vetrina. In passato lo aveva fatto di slancio tante volte, senza neanche salutare le due aiutanti, ma adesso era tutto diverso, era in atto una retrocessione imprevista che rischiava di ridimensionare il suo ruolo da principe consorte a suddito.

Si fermò solo un secondo prima di entrare, per mascherare il suo turbamento. Provare apprensione e imbarazzo al cospetto di una persona che per anni ha costituito la nostra quotidianità è una delle sensazioni piú difficili e spiacevoli da affrontare.

– Ciao Caterina –. La chiamò per nome, quasi a verificare se anche lei ricordava il suo.

– Ciao Gianfranco –. Possono bastare poche sillabe per capire che non serve a niente continuare a parlare.

– Mi dispiace per quello che è successo.

– Anche a me.

La temperatura nel piccolo laboratorio era scesa molto sotto lo zero.

- Io credo che dovremmo metterci una pietra sopra e ricominciare -. Gianfranco non ci aveva girato intorno.
- Non è cosí semplice -. La conversazione stava prendendo la piega che il vice commissario temeva.
- Che cosa vuoi dire?
- Che dobbiamo fermarci, almeno per un po'. Siamo arrivati a un punto morto, non sentiamo piú il piacere di stare insieme. Sposarci sarebbe un errore, lo faremmo piú per dovere che per convinzione -. A Gianfranco ora girava leggermente la testa. Aveva sempre avuto paura che potesse succedere: la relazione con Caterina gli era sembrata spesso un ordigno a orologeria, un antidolorifico cui ricorrere di frequente e con soddisfazione, ma con una data di scadenza.
- Riprendiamo come prima, allora... - Rifiutarsi di comprendere non è una colpa. In certe situazioni il nostro cervello, per difendersi, va in blocco, nega l'evidenza e sfodera tutta l'ottusità di cui è capace.
- Non avrebbe senso, lo sai anche tu... - Gianfranco non lo sapeva affatto.
- Che significa? Filava tutto liscio come l'olio, andavamo d'amore e d'accordo... poi ti chiedo di sposarmi e crolla tutto? Che senso ha? - Il vice commissario cominciava ad alzare la voce.
- Ti prego, calmati -. Il rappresentante delle forze dell'ordine adesso era Caterina.
- È un pretesto, è solo un pretesto, non aspettavi altro per scaricarmi. Tu mi stai rovinando la vita... - Gli altri servono a questo, certe volte.
- Mi dispiace, io non posso continuare... - Non esistono parole incruente per spiegare a un altro individuo che non lo ami piú.
Gianfranco non fiatò, si voltò e uscí dalla pasticceria. Non c'era nulla da aggiungere, niente per cui correre in strada gridando, era solo una delle tante microtragedie che accadono ogni giorno un po' ovunque.

Caterina restò lí davanti alla sua torta, sconvolta, sapeva che non avrebbe potuto trascinare in giro ancora a lungo il cadavere di quella storia, eppure si sentiva ugualmente colpevole.

Per fortuna, niente può cacciare via una preoccupazione quanto una preoccupazione piú grande.

Al momento della chiusura, Caterina aveva realizzato solo mezza torta Mimosa, la base di pan di Spagna era pronta ma la cupola no: per la prima volta lasciava un'opera incompiuta.

Nell'androne del suo palazzo, ad attenderla, c'erano Susanna e Vittorio. Non era felice di vederli e le faceva male constatarlo. Stavano accadendo cose che sembravano avere l'unico scopo di sgretolare la stima che aveva di se stessa. Si abbracciarono, certo, ma fu un gesto meccanico, formale, senza il vero desiderio di stringere l'altro tra le braccia. Il fratello e la sua nuova compagna si guardavano spesso tra loro, in maniera fugace, e Caterina notò quelle rapide, reciproche incursioni oculari. Li invitò a salire da lei, presero le scale in silenzio. Sul pianerottolo Caterina frugò un po' nella borsa, finché pescò il mazzo delle chiavi. Anche in salotto, le ispezioni visive tra Susanna e Vittorio continuarono, clandestine. Era chiaro, dovevano decidere chi dei due avrebbe affrontato l'argomento che li aveva spinti fin lí. E non doveva trattarsi di un argomento piacevole, a giudicare dal loro impaccio.

– Siamo venuti per parlarti –. Ancora una volta a prendere l'iniziativa era stata Susanna, che sembrava avere un talento particolare nell'assumersi le responsabilità altrui.

– Sono qui, – rispose Caterina, e intendeva davvero: era presente con la mente e con il cuore, due organi che spesso non partecipano insieme alle riunioni di famiglia. Vittorio, con quella viltà pura che gli uomini sono molto piú bravi delle donne a distillare, si aggirava per il soggiorno come se la vicenda non lo riguardasse.

– Ricordi che ti avevamo parlato della possibilità che la

denuncia venisse ritirata? – disse Susanna con il tono piú leggero che riuscí a sfoderare.

– Certo –. Caterina teneva la guardia bassa, partendo dal presupposto che aveva davanti persone dalle quali non doveva difendersi.

– Bene... questa gente è pronta a farlo, ma bisogna muoversi subito... entro fine mese, sennò va tutto a monte. Sono le loro condizioni... – Vittorio continuava a essere lí di passaggio.

– Ci siamo fatti due calcoli, – continuò la bionda, – riusciamo ad arrivare a duecentomila, tra la somma che rimane a Vittorio e quello che possiamo racimolare...

– Mancano centomila euro! – Caterina aveva inquadrato il fulcro del problema.

– Esatto –. Era stato Vittorio a mettere quel mattone nel muro del ragionamento alzato dalla sua compagna.

– Beh... dategli subito i duecentomila e gli altri rateizzati... conviene anche a loro, credo, – si accalorò sua sorella.

– Ci abbiamo provato, – riprese Susanna, – non si fidano –. In tutta sincerità, era difficile dar loro torto.

– E... quindi? – Caterina capí soltanto allora che i due avevano concepito un piano e che quel piano non le sarebbe piaciuto.

– Abbiamo bisogno del tuo aiuto. Puoi fare la differenza tra la libertà e il carcere, per tuo fratello –. Susanna aveva deciso di affidarsi all'artiglieria pesante.

– Contate pure su di me, ve l'ho già detto... domani stesso andrò in banca...

– Sei gentile, ma poche migliaia di euro non bastano, non risolvono nulla... dobbiamo chiederti di piú... è molto difficile ma... – A quel punto, Susanna rivolse lo sguardo a Vittorio che era disteso sul divano, con le mani sulla faccia.

– Che cosa posso fare?

– Dovresti vendere la pasticceria –. L'uso del condizionale aveva lo scopo d'ingentilire la richiesta, ma non lo raggiunse. Caterina fu completamente demolita da quelle quattro parole.

– È il mio lavoro.

– Lo sappiamo benissimo, tesoro… è un sacrificio necessario, altrimenti Vittorio non te lo chiederebbe… – Infatti non glielo stava chiedendo, visto che si serviva di quella formosa portavoce fin dal momento in cui era entrato. – Con il tempo potrai aprire una nuova pasticceria, magari in una zona piú centrale… noi ti aiuteremo, naturalmente! Chi lo sa che tutto questo non si riveli una fortuna…

– E io, intanto… cosa mi metto a fare? – Caterina, all'improvviso, vedeva l'architettura della sua esistenza schiantarsi, senza neppure avere la soddisfazione di essere l'artefice di quello schianto.

– Tu devi sposare Gianfranco, no? – Susanna aveva risolto tutto.

– Quando bisogna restituirla, la somma? – fu la sola cosa che Caterina ebbe la forza di dire.

– Entro la fine del mese, – ecco Vittorio. Concreto. – Mancano venti giorni.

– Ma non possiamo farcela… ci vorranno mesi per trovare un compratore… – La generosità di Caterina, gran brutto difetto, la portava a rimuovere il suo sacrificio e a concentrarsi sulla tempistica immobiliare.

– Hai ragione. Però forse un compratore c'è –. Quell'idea, infame e risolutiva, non era zampillata fuori il giorno prima. Gli amanti diabolici l'avevano pensata con ingegno, levigata, tirata a lucido e presentata in pompa magna alla diretta interessata. Si trattava di un lavoro di settimane travestito da creazione estemporanea.

– Ah… e chi sarebbe? – La cosa buffa era che, per un attimo, a Caterina parve indelicato formulare quella domanda.

– Una persona squisita! Quando ti dico brava ti dico poco… – garantí Susanna. Esisteva dunque una Madre Teresa di Calcutta interessata a fare la pasticciera.

– Sí, ma... chi è?

– Il signor Ernesto Guidotti.

Il tabaccaio! L'uomo dal laccio di cuoio al collo! Una cagnara di emozioni, esclamazioni e obiezioni si scatenò dentro di lei.

– Guidotti? Ernesto Guidotti? Voi eravate in trattative con quel... Alle mie spalle! E chissà da quanto tempo!

Vittorio allora esibí la faccia della profonda e dignitosa amarezza fraterna. – Come puoi pensare una cosa del genere? – E dire che l'avrebbero fatto solo altri sette miliardi di esseri umani.

– Conosco quell'uomo da anni, mi gira intorno come un moscone... a me non ha mai parlato dell'idea di rilevare una pasticceria! Ve lo dovete essere lavorato proprio bene! – Caterina ormai aveva compreso il disegno di Susanna e Vittorio. Ma non quello del signor Ernesto Guidotti.

– Scusaci... – a parlare adesso era la bionda. – Non pensavamo che avresti reagito cosí... né io né tuo fratello avevamo intenzione di scavalcarti... con Guidotti non abbiamo nessun impegno, è stato solo un pourparler.

– Non vogliamo costringerti a fare qualcosa che non vuoi... – s'intromise Vittorio, e per «qualcosa che non vuoi», intendeva «salvare tuo fratello dal carcere», naturalmente.

– Troveremo un'altra soluzione... – chiosò Susanna, con aria grave. Poi prese Vittorio sottobraccio, come si fa con un convalescente che torna a camminare dopo essere stato allettato a lungo, e si avviò con lui verso la porta.

– Aspettate... non volevo dire questo... – Caterina era spacciata, il Gatto e la Volpe sapevano che sarebbe andata a finire cosí.

– Se la situazione non fosse gravissima, non ti avremmo chiesto una cosa come questa, – disse Vittorio.

«Se tu non fossi un mascalzone, la situazione non sarebbe gravissima»: questo avrebbe dovuto replicare Caterina, ma l'idea non la sfiorò neanche.

– Va bene. Fatemi pensare, datemi solo qualche giorno –. Un trampolino su cui saltare un poco, prima di tuffarsi in un «sí».

– Il signor Guidotti è pronto a concludere subito... – specificò Susanna, tanto per non apparire insistente.

– Ho capito, – disse Caterina, ma non era vero. Se avesse capito fino in fondo, avrebbe sentito una certa nausea montarle nello stomaco.

I due se ne andarono, non prima di aver stretto tra le braccia la loro salvatrice, che si sedette e pianse, ma solo per poco. Poi accese la radio.

Il destino di Caterina era in piena incubazione.

La mattina seguente splendeva il sole, una bella giornata tersa e fanatica, come il vetro di una finestra appena pulito.

Aveva riflettuto tutta la notte sulle parole di Vittorio e Susanna. Piú che una proposta sembrava una chiamata alle armi, nell'esercito dei familiari amorosi o in quello delle carogne: a lei la scelta.

«Devo aiutare mio fratello», questa la conclusione cui era giunta già in partenza. Certo, la tormentava l'idea di non entrare piú in quel piccolo santuario che era appartenuto al padre, e anche il futuro incerto di Carla e Shu, le quali la videro arrivare scura in volto e si rattristarono, seguendo le modalità che i loro caratteri cosí diversi imponevano: rabbia impotente per la molisana, fremente sollecitudine per la cinese. Per capire che torta fosse quella che dopo un'ora Caterina depositò nel frigo-vetrina, ci sarebbe stato bisogno di un'analisi del Dna.

L'ingresso improvviso di Gianfranco nel negozio le sembrò l'ennesimo segno del destino, che in quei giorni mostrava se non altro una grande coerenza. Era sbarbato di fresco ed emanava un profumo di colonia che lo avrebbe reso localizzabile a duecento metri di distanza. Salutò tutti, prese sottobraccio Caterina e la trascinò fuori.

– Che succede? – c'era stupore e non paura nella voce di lei.

– Sapevo che tutto si sarebbe risolto felicemente.

Un equivoco di grosse dimensioni si aggirava per il quartiere, roba da chiamare la Forestale. Caterina capí subito che sarebbe finita male.

– A che ti riferisci? – La formula che usò per rispondere non era forse la piú morbida che potesse trovare nel catalogo. Aveva deciso di farla finire male nel minor tempo possibile.

– A quello che hai detto a tuo fratello e a Susanna. Sono felice. Sono semplicemente un uomo felice –. È difficile dire a un uomo semplicemente felice che in realtà è soltanto un uomo semplicemente illuso.

– E cosa gli avrei detto? Ma tu Vittorio non dovevi arrestarlo?

– Certo, era mio dovere… ma si tratta di tuo fratello… e poi mi ha garantito di aver trovato un modo per tirarsi fuori dai guai… – Un modo l'aveva trovato, in effetti.

– Bene. Allora anch'io sono felice.

– Io però non mi riferivo alla vicenda giudiziaria… ma a quello che gli hai detto di noi… Sul momento l'ho presa male… che tu non lo abbia detto a me per primo… poi ho capito che volevi essere sicura, volevi pensarci bene… è un atteggiamento di grande serietà e la serietà è una cosa che io apprezzo moltissimo…

– Posso sapere di cosa parli? – Caterina sentiva che una mannaia era sospesa sopra la sua testa.

– Mi hanno detto che mi sposerai, – la mannaia era caduta, – che ti sei persuasa… non so dirti quello che provo dentro…

Caterina ebbe la stessa reazione che si ha di fronte al getto d'acqua che zampilla da una tubatura bucata: metterci sopra le mani per cercare di fermarlo.

– Gianfranco… non so perché ti abbiano detto una cosa del genere… ma quelle non sono parole mie… mi dispiace, mi dispiace tanto… non è quello che penso, né quello che voglio… – Nulla è piú efferato della sincerità.

– Ma come… perché avrebbero dovuto dirmi una bugia? – Lo smarrimento del vice commissario ebbe breve durata, rimpiazzato ben presto dalla rabbia. Disse che non si scherza cosí con la dignità delle persone e che Caterina era una donna leggera, capace di cambiare opinione con una facilità intollerabile.

– Io non so nulla di tutto quello che mi stai dicendo, non ne sono responsabile in nessun modo! – cercò di difendersi lei.

– Certo… tu non ti senti responsabile, non è mai colpa tua… è troppo facile cosí! – La disperazione di Gianfranco era una tigre cui non sembrava vero aver trovato una preda da afferrare e scuotere. La scenata si stava svolgendo tra la pasticceria e il bar, i toni forti ma sommessi, una piccola esplosione nucleare sotterranea. La coppia non arrivò mai al bar, dove il vice commissario immaginava avrebbero bevuto due bicchieri di Prosecco. Gianfranco cambiò bruscamente direzione e Caterina non fece nulla per fermarlo. Si voltò verso il campo base: Carla e Shu erano di vedetta e guardavano verso di lei. Fece loro un gesto, a dire: «Tranquille».

Non aveva intenzione di tornare al lavoro, però. Prese un incedere deciso e rapido, quella particolare andatura che non è ancora corsa, ma non è piú camminata. Attraversò la strada e procedette spedita verso un obiettivo, che conosceva bene, lasciandosi alle spalle viali, piazze e palazzi accigliati.

Dopo venti minuti, suonò a un citofono e, con sua sorpresa, le venne aperto, senza chiedere nemmeno chi fosse. Prese l'ascensore e salí fino al quinto piano. Quando uscí dalla cabina, si rese conto di aver sbagliato e scese due rampe di scale. Susanna era sulla porta e sorrideva. Indossava una tuta da ginnastica molto aderente, che ne metteva in risalto il lato migliore del carattere.

– Tesoro! Che bella sorpresa…

– C'è Vittorio? – Solo un'educazione cronica e incurabile fece sí che Caterina non la spingesse da una parte, andandosi a cercare il fratello da sola.

Susanna la fece accomodare in quel soggiorno vagamente dannunziano che era sempre in grado di stupirla, benché lo avesse visto decine di volte. Chiese se gradiva un tè, o magari un carcadè, di cui probabilmente era l'unica bevitrice nel raggio di alcuni chilometri.

– No. Voglio solo dire due parole a Vittorio. La padrona di casa sparí nel corridoio e ne riemerse pochi minuti dopo accompagnata dal suo amante, che portava una vestaglia rossa adattissima all'arredamento.

– Come ti è saltato in mente di andare a dire a Gianfranco che l'avrei sposato? Caterina non aveva tempo da perdere. Vittorio invece voleva iniziare il valzer del «non ho fatto niente di male».

– Siete fidanzati da anni, ormai... tutti pensavano che avreste finito per sposarvi, lui per primo... io non sono andato a dire niente a nessuno... casomai, perdonami, sei tu che glielo hai fatto credere! – Non solo aveva messo il becco in affari che non lo riguardavano, ma voleva anche accusarla, neanche troppo velatamente, di aver ingannato un ingenuo vice commissario.

– Io non ho fatto credere niente a nessuno... e tu non avresti dovuto toccare l'argomento, neanche sfiorarlo! È una cosa che non ti riguarda... è la mia vita! Mentre i due consanguinei si affrontavano all'arma bianca, Susanna studiava quale mossa sarebbe stata piú opportuna per evitare che la situazione precipitasse.

– Da non credere, – rispose Vittorio, – veramente da non credere... vuoi dare a me la colpa dei tuoi problemi con Gianfranco? – Dicendo questa frase priva di senso guardò Susanna, ma non trovò l'appoggio che cercava. La bionda, infatti, stava scavando già da qualche minuto il tunnel che li avrebbe portati fuori da quella briga, per loro cosí pericolosa.

– Caterina ha ragione... – affermò a sorpresa Susanna.
– Sei stato leggero... non dovevi in nessun modo mettere bocca in una vicenda cosí delicata... – Poi si rivolse

direttamente alla cognata e giurò che Vittorio non aveva la minima intenzione di crearle dei problemi. - Sai come sono fatti gli uomini... - le disse appellandosi a una comprensione superiore, possibile solo tra creature provviste di utero. Caterina non era stata progettata per conservare dell'astio dentro di sé, men che mai verso una persona cui voleva bene. Facile mantenere la pace, quando si hanno dei confinanti del genere. Vittorio rimase mortificato, non per la consapevolezza di aver commesso un errore, ma per la mancanza di complicità da parte della sua donna.

- Sei molto sotto pressione in questo momento, lo capisco... - sussurrò a Caterina la bionda che, contrariamente a quello che si sarebbe potuto pensare, aveva pure un organo interno ben sviluppato: il cervello.

- Sí. Davvero sotto pressione... - rispose Caterina.

- ...lo so... e mi dispiace per tutto quanto... - Nel pronunciare queste ultime parole, Susanna strinse la mano dell'amica. Un gesto d'affetto, ma anche una misurata esortazione a fornire la risposta che quei due stavano aspettando.

- Parlerò con Guidotti per vendere la pasticceria -. La frase uscí di getto dalle labbra di Caterina e Susanna l'afferrò al volo, con delicatezza, come si fa con una farfalla che si vuole studiare da vicino. Vittorio invece rimase in disparte, sullo sfondo, nella penombra: un personaggio minore de *I fratelli Karamazov*.

- Grazie, tesoro mio! Oh, io ero sicura... sicura che non ci avresti abbandonato! - L'unico desiderio di Caterina era proprio abbandonare quella stanza, quell'appartamento, quel caseggiato, quella strada, quel quartiere, quel pianeta maledetto. Le era insopportabile restarsene lí, a sorbirsi l'apologia di se stessa, dopo un sacrificio cosí doloroso che non prevedeva un biglietto di ritorno. Susanna le propose, nell'ordine: un succo di frutta, una fetta di crostata (ma industriale, lei non sapeva prepararla), un libro in prestito che aveva letto e le era piaciuto tanto, un giubbotto di pelle – nuovo, eh! – che lei non aveva mai messo perché le stava un po' stretto. Caterina rifiutò tutto con gentilezza e guadagnò l'uscita. Sentí la voce di Vittorio dire qualcosa, prima che la porta si chiudesse.

Passeggiò un'ora, poi tornò a casa. Sapeva che Antonio l'aspettava. Gli raccontò tutto.

– Non vendere la pasticceria.

– Devo farlo.

– No, non devi. Sei convinta che sia un tuo dovere, ma non lo è.

– Se non lo faccio, Vittorio finirà in carcere –. Pronunciata da Caterina, quella frase sembrava il finale di un'Ave Maria.

– Vittorio potrebbe finire in carcere per quello che ha fatto, non perché tu hai rifiutato di rovinarti la vita.

La coppia rimase in silenzio. Non c'era la presenza fisica dell'altro, ma entrambi potevano sentire distintamente il contatto di una mano sulla pelle.

– Mi dispiace solo che tu non abbia mai visto una delle mie torte.

– Tanto non avrei potuto assaggiarla –. Caterina sorrise e la radio mandò una canzone che garantiva al mondo come quell'amore non fosse un fuoco di paglia, ma un incendio che bruciava la città.

Il signor Liang aveva fatto grandi passi avanti. Ora, in presenza di Shu, riusciva a sedersi, a muovere in maniera coordinata gli arti superiori e a non sbattere contro la mobilia circostante. La ragazza, dal canto suo, lo guardava con indulgenza, incoraggiante come l'istitutrice benevola di un alunno un po' citrullo.

Caterina si divertiva a seguire quel corteggiamento cosí farraginoso, tifava per il signor Liang come si tifa, d'istinto, per la squadra piú debole. Il ristoratore cinese era sempre molto gentile e non solo perché gli era stato insegnato sin da bambino. Gli pareva di trovare qualcosa di prezioso in tutto ciò che incontrava lungo il suo cammino, preziose le persone, i contrattempi, le parole che gli venivano rivolte, i desideri, le aspettative. Una volta alla settimana portava Shu fuori a cena, passava a prenderla alla chiusura del negozio e la faceva salire in automobile, seguendo un cerimoniale rigidissimo. Gli altri giorni una visita di pochi minuti, perché temeva di essere inopportuno e molesto, un intralcio al lavoro cosí importante e competente di quelle signore.

– Lui bene, abbastanza bene, benino… – questo il commento di Shu riguardo il comportamento del suo spasimante.

La notizia positiva, in quei giorni stregati, fu rappresentata dalla ricomparsa di Augusto. Quando Caterina se lo vide davanti, lanciò un piccolo grido, poi corse ad abbracciarlo. L'anziano signore s'irrigidí, non si aspettava un entusiasmo che la sua persona sembrava non suscitare piú in nessuno, da tanto tempo.

– Sono passato a dirle che mi hanno dimesso... volevo anche cogliere l'occasione per scusarmi con lei, gentile signora...

«Cogliere l'occasione» e «gentile signora»: Caterina era inebriata da quel linguaggio che testimoniava una civiltà completamente estinta, come i Sumeri.

– Sono proprio felice che lei stia bene... sua figlia mi aveva informato, ero molto preoccupata...

– Che sciocco sono stato, mi sono comportato come un bambino. E in piú, ho tentato addirittura d'ingannarla... mi deve perdonare...

Augusto fu prosciolto immediatamente, il verdetto della corte chiamata a giudicarlo era invalidato dalla simpatia che il suo unico membro provava per l'imputato.

– Guardi, guardi le mie analisi... – riprese il pensionato, mostrando una busta di carta bianca. – Adesso sono perfette, non c'è piú un solo valore oltre la norma... certo... con analisi del genere...

Per Caterina fu una piccola oasi di serenità nella landa desolata di quei giorni. Tanto valeva rimanersene ferma per qualche ora, immobile, rintanata in un distacco momentaneo dal groviglio di complicazioni che la circondava.

Ma l'intreccio non dava affatto l'impressione di volersi districare, anzi, i rovi s'infittirono ulteriormente quando uscí dal negozio per andare in tintoria. In strada l'attendeva l'agguato di un predatore con un laccetto di cuoio al collo.

– Eccola, bella come il sole! – La pazienza delle donne di fronte all'insulsaggine degli uomini è titanica.

– Buongiorno Ernesto –. Neppure uno scout apache sarebbe stato in grado di trovare delle tracce di cordialità nella neve fresca di quell'incontro.

– È sempre un grandissimo piacere vederti! – Il tabaccaio non voleva prodursi in un'esibizione al di sotto dei suoi standard.

– Grazie. Ti auguro una buona giornata –. C'erano molte piú lusinghe nel vedere un cappotto smacchiato ad arte che nel continuare quella conversazione, quindi Caterina tentò di riprendere il suo cammino verso la tintoria.

– Ho saputo che vuoi cedere il negozio... mi dispiace –. Quello era un argomento che poteva indurre la sua interlocutrice a fermarsi un momento.

– E io ho saputo che tu avresti intenzione di comprarlo... l'ho saputo da mio fratello. Certo, potevi venire a dirlo a me. Avresti dovuto.

Le parole di Caterina sussurravano al signor Guidotti: «Sei un poveretto». Lui lo intuí non senza sforzo e decise di difendere la propria immagine.

– Veramente è stato tuo fratello a propormi l'affare... mi ha detto che tu non avevi piú voglia di stare dietro all'attività e che avevi intenzione di vendere...

Dunque, era un'idea di Vittorio. Quindi di Susanna.

Caterina accusò il colpo, tutto quell'affetto familiare la frastornava. Il signor Ernesto Guidotti, che era nato per fraintendere, pensò che quell'improvviso incupirsi dipendesse dall'imbarazzo. Disse che considerava del tutto normale che una donna come lei desiderasse smetterla col lavoro per dedicarsi di piú a se stessa, alla propria bellezza, a una felicità che solo la tranquillità economica e l'affetto di un uomo solido e affidabile potevano regalarle.

– Se vendessi a te la pasticceria... cosa ne faresti?

– Mi serve un magazzino per la merce... – Una di quelle frasi la cui sconvenienza appare chiarissima nel momento stesso in cui vengono pronunciate.

– Quindi Carla e Shu perderebbero il lavoro...

– Non è detto, – replicò il tabaccaio, che nel tentativo di recuperare terreno decise di svelare subito il suo piano B: mantenere in vita la pasticceria, di cui Ernesto sarebbe diventato il mecenate, senza fare troppo caso a quanti soldi ci rimetteva ogni mese, almeno all'inizio. Non si trattava però di un progetto filantropico, era ovvio.

– Non sarebbe un buon affare per te... gli incassi non possono soddisfare due soci... – confessò Caterina.

– Non m'interessano gli incassi, guadagno già abbastanza con la tabaccheria... io lo farei per te... perché ti voglio bene... ormai dovresti averlo capito...

Caterina si sorprese d'essere stata talmente sprovveduta da fornire a Guidotti un balcone per la serenata.

– Sei molto caro e ti ringrazio... però è meglio di no, credimi...

Il tabaccaio adesso aveva bisogno di una nuova illusione come uscita di sicurezza.

– Noi non siamo piú dei ragazzi... tu lo sembri ancora, certo, sei bellissima... ma non lo siamo... io sono convinto che, conoscendoci meglio, frequentandoci, il nostro rapporto potrebbe cambiare... – Quando siamo bambini, trasformiamo con la fantasia un ramo in un fucile. Da adulti, facciamo la stessa cosa con i sentimenti, cercando di convertire in amore una semplice conoscenza. Caterina fu intenerita e spaventata al tempo stesso da quella dichiarazione.

– L'amicizia è un bene da proteggere, Ernesto... sei un uomo generoso e sono felice che siamo amici... vorrei che lo restassimo ancora...

La sensibilità ci porta a dire cose che sono immediatamente contraddette dalla realtà.

– E allora... non se ne fa niente! – era un altro Ernesto quello che parlava adesso. – Niente! Sai cosa penso, cara mia? Che te la tiri un po' troppo! Non mi vuoi? Non importa! Però scordati che io mi metta sulle spalle il cadavere della tua pasticceria!

– Io non ti ho chiesto niente.

L'imboscata era finita. Ernesto Guidotti recuperò tutto il suo equipaggiamento, la frustrazione, l'inquietudine, il fallimento e il laccetto di cuoio, voltò l'angolo e sparí dalla vista di Caterina.

Il cappotto rimase in tintoria, quel giorno, a chiedersi perché nessuno lo passasse a ritirare. Il vento soffiava sulla strada come sopra le candeline di una torta di compleanno. Caterina si disse che fare un giro in macchina le avrebbe fatto bene. Quando arrivò alla sua utilitaria, parcheggiata non lontano, trovò un'automobile in doppia fila che le impediva di uscire. Entrò ugualmente nell'abitacolo e accese l'autoradio. Antonio era di buon umore, gli raccontò quello che era successo.

– Insomma... dagli ultimi sondaggi risulta che hai tre spasimanti... due e mezzo, diciamo... uno dei tre è poco consistente... – Caterina sorrise e si frenò, per non dire quello che desiderava dire.

– Io ti amo, con rispetto parlando... – partí all'attacco la voce. Lei non rispose, poggiò la testa al sedile e chiuse gli occhi.

– Che fatica amarti, – riprese Antonio, – è come fare un trasloco da solo... tu guardi e non aiuti... – Caterina stava per aprire bocca ma in quel momento arrivò trafelato, mimando platealmente le sue scuse, il proprietario della vettura in doppia fila.

– Ecco, proprio adesso... immagino che l'espressione «questo gran cornuto» non sia indicata in un colloquio d'amore... – Caterina mise in moto e portò via di lí il dubbio del suo amante, mentre una melodia malinconica e appassionata scappava fuori dal finestrino abbassato.

Da quando era stata testimone del miracolo, Stefania non voleva piú avere a che fare con Caterina. La sua anima era già troppo affollata di ansie per offrire ospitalità anche a quelle di un'amica. Caterina le aveva telefonato molte volte, tentando di scusarsi, ma lei non riusciva nemmeno ad ascoltarla. Di quello che accadeva fuori dal recinto dei suoi problemi si dovevano occupare altri mandriani.

Caterina era in pensiero per Giulia, non la vedeva da settimane. Un pomeriggio sentí suonare alla porta e se la trovò davanti, lo zainetto sulle spalle e una faccia che non conosceva trucco né allegria da parecchio tempo. La strinse forte e subito dopo la portò in cucina, dove le offrí tutto ciò che un adolescente può desiderare d'inghiottire alle cinque del pomeriggio. Giulia mangiò soltanto un biscotto alla vaniglia. «Magari fossero i biscotti di Alice nel Paese delle Meraviglie, – pensò Caterina, – e sapessero ingigantire la sua voglia di vivere…»

Se ne stettero sedute l'una di fronte all'altra per una mezz'ora, senza parlare. Caterina le carezzava le mani, i capelli, non diceva nulla e non si aspettava che lei avesse qualcosa da chiederle. Sbagliava.

– Accendi la radio, – sussurrò Giulia: le corde vocali che avevano prodotto quei suoni sembravano essere sintetiche. Caterina non trovò aria nei polmoni per parecchi secondi, poi riuscí a prelevare una modesta quantità d'ossigeno dall'ambiente circostante.

– Perché? – La domanda piú gettonata dalla specie umana.

– Per sentire lui, – rispose Giulia indifferente.

– Cosa ne sai di lui? – La mente di Caterina era il giardino di un asilo nido durante la ricreazione. Decine di bambini che corrono da una parte all'altra, impossibile fermarli.

– Ho sentito mamma che ne parlava... credeva che dormissi...

Caterina non sapeva cosa fare, come comportarsi davanti a quella richiesta cosí inattesa e spiazzante. Forse la rivelazione clamorosa che aveva sconvolto la madre poteva dare uno scrollone provvidenziale alla figlia. Era possibile.

– Sei sicura di volerlo conoscere?

– Sí.

– Va bene. Devo capire se anche lui lo vuole –. Detto questo, Caterina vagò per l'appartamento alcuni minuti, poi tornò da Giulia in cucina, bevve un bicchiere d'acqua e accese la radio.

– Ciao Antonio. Giulia è venuta a conoscerti.

L'apparecchio restò muto. Riservatezza, indecisione o scontrosità: qualunque fosse la causa, il risultato era il silenzio.

Giulia non sembrava cogliere la drammaticità del momento, il suo tempo continuava a essere un domino fatto di tessere scolorite.

– Ciao, sono contento di conoscerti... – La voce risuonò all'improvviso e fece alzare la testa all'adolescente.

– Antonio... – il nome di lui, pronunciato in un soffio da Caterina, esprimeva la sua riconoscenza e qualcos'altro, che non si riusciva a cavarle di bocca neanche con la tortura.

– Quanti anni hai?

– Quindici.

– Questo significa che, in base alla vita media, hai davanti a te una settantina d'anni. Sarebbe il caso che cominciassi a organizzare qualcosa, no?

– Già.

– Credo che dovrebbe piacerti una roba di questo genere... – Dalla radio uscirono le note di una ballata, chitarra e pianoforte. Il cantante garantiva a tutti che era bellissimo stare tra le dolci braccia della donna che amava e baciarla sotto le stelle. Giulia ascoltava e muoveva piano un piede, a tempo.

Da quell'istante e per piú di un'ora, Antonio riuscí in qualche modo a comunicare con la ragazza, tra canzoni e piccole domande.

– Ci torni a trovarmi? – le chiese alla fine.

– Sí.

– Allora ti aspetto.

Caterina la accompagnò alla porta, le chiuse il giubbotto e la aiutò a indossare lo zainetto.

– Forse è meglio che non ne parli con la mamma –. Giulia guardò davanti a sé e non rispose.

Pochi minuti dopo, Caterina si mise a lavare la teglia che aveva usato per preparare i biscotti.

– Grazie, Antonio.

– È una ragazza strana. Sta male, è una cosa che si capisce subito, ma non è del tutto spenta, dentro –. Inspirò a fondo. – Passerei una serata con un consulente finanziario, pur di mangiare uno dei tuoi biscotti.

Che tristezza, si disse Caterina. Persino una gioia da saldo di fine stagione, come far assaggiare i propri biscotti a una persona speciale, le era preclusa.

– Sei stato straordinario, oggi.

– Al contrario, sono stato un uomo meschino, come tutti gli uomini innamorati. Volevo solo impressionarti. Avrei fatto i complimenti a un affamatore di orfani, se me lo avessi chiesto tu.

– Sono fortunata a conoscerti.

– Sarà meglio che me ne vada, prima che tu mi definisca «un caro amico» –. Per quella sera Antonio non parlò piú e Caterina cercò di convincersi che tutto quello che le stava capitando aveva un significato.

La vita privata di Caterina somigliava sempre piú a quel piccolo vortice che si crea negli imbuti, quando gli versi dentro un liquido.

Rincasò alle quindici, fuori pioveva a dirotto, con una violenza che sembrava proprio voler colpire quelli che stavano sotto.

Era stanca, di una stanchezza profonda, eccessiva, ingiustificata per essere un martedí. Si tolse le scarpe e sentí suonare alla porta, come se qualcuno fosse rimasto nascosto sotto lo zerbino in attesa che lei tornasse. Qualcuno? Vittorio e Susanna.

– Come t'è venuto in mente di mandare tutto a monte?

Non capí subito di cosa stesse parlando.

– Che è successo?

– Hai fatto saltare l'accordo che avevo raggiunto con Ernesto... ci avevo lavorato per giorni!

L'accordo per vendere qualcosa che apparteneva a un'altra persona, adesso Caterina comprendeva a cosa si riferiva Vittorio.

– Ernesto vuole qualcosa in piú del negozio. A te forse non l'ha detto, ma a me l'ha fatto capire benissimo.

– Beh, cosa ci sarebbe di male? È una persona seria, affidabile... insomma, se ti viene a dire che ti vuole bene, che vuole assumersi delle responsabilità nei tuoi confronti... per come sei messa adesso potresti anche starlo a sentire... – Vittorio aveva cercato di piazzare al signor Guidotti il pacchetto completo, negozio e sorella. Caterina si sentí gonfiare dentro il soufflé dell'indignazione.

– Come ti permetti di dirmi quello che devo fare della mia vita? Vieni qui dopo essere scomparso per anni, ti accolgo in casa, mi vendi il negozio e pretendi anche di decidere a chi devo darla?

Era esattamente quello che pretendeva Vittorio, che non l'aveva mai sentita parlare cosí. Susanna assisteva alla scena con l'atteggiamento costernato di chi vuole mostrare una certa delicatezza.

– Già, il negozio... ne parli come se fosse solo tuo, ma non è cosí... papà l'ha lasciato a te, è vero, ma è stata un'ingiustizia... di figli ne aveva due, se non ricordo male... – Non ricordava affatto male, Vittorio, però ricordava soltanto quello che gli conveniva, seguendo un vezzo molto diffuso. Dimenticava che il padre gli aveva elargito, nel corso degli anni, un fiume di soldi per sovvenzionare le sue iniziative sbilenche e per ripianare i suoi debiti.

– Scusami tesoro, io non voglio intromettermi, – disse Susanna intromettendosi, – ma Vittorio non ha tutti i torti... nella tua famiglia, due pesi e due misure, sempre... ma non è questo il problema, adesso... – La bionda iniziò una dimostrazione pratica di distorsione della realtà, come una venditrice porta a porta di articoli per la cucina.

La discussione si stava animando: Vittorio, negli ultimi tre lustri, non era riuscito a trovare un antiruggine che risolvesse la corrosione dei suoi ricordi, ormai pieni di una patina di rancore difficile da rimuovere. Susanna invece recitava (malissimo) il ruolo di negoziatrice equidistante dalle parti, oggettiva ed equilibrata.

– Ho detto che ti avrei aiutato e lo farò. Non perché ti debba qualcosa o perché tu sia una vittima innocente, né perché ti spetti di diritto. Lo farò perché sei mio fratello. Basta.

Susanna e Vittorio, pur senza dirsi nulla, intuirono subito che si trattava di un'ottima transazione, per loro. Caterina non aveva piú voglia di rimanere in casa, prese il soprabito e si diresse verso l'uscita. Se quei due avevano intenzione di trattenersi, magari per tentare una valutazione della mobilia, erano padronissimi di farlo.

Il terzetto uscí sul pianerottolo, muto, poi imboccò la prima rampa di scale.

– Sono disposta a parlare di nuovo con Ernesto, ma non deve confondere la cessione del negozio con aspetti, diciamo, privati... – Susanna e Vittorio, intanto, avevano cambiato musica: non avevano piú bisogno di ringhiare o di allestire messe in scena per tentare di condizionare le scelte di Caterina. Non rimaneva che salutarsi e chiudere quel match cosí duro e faticoso.

– Allora... possiamo dirgli di passare di nuovo in negozio? – domandò la bionda. L'interrogativo centrale, il fine ultimo che aveva spinto lei e il suo maschio a organizzare quell'incursione.

– D'accordo, – la fece breve Caterina.

Uscirono dal portone come un gruppetto di estranei e stavano per prendere direzioni diverse, quando accadde qualcosa d'imprevedibile e sconcertante. Una voce maschile declinò le generalità di Vittorio. Era Gianfranco, seguito da due agenti in divisa.

– Sí? – rispose con voce tremante il ricercato.

– Sei in arresto, – disse il vice commissario. Vittorio appoggiò la schiena al portone, come se stesse per cadere, Susanna si strinse nel giubbotto di pelliccia e piantò le unghie dentro la pelle della borsetta.

– Gianfranco... ma cosa fai? – La sola a intervenire fu Caterina, che non poteva credere ai suoi occhi.

– Faccio il mio dovere. Credevi che noi della polizia dormissimo in piedi? Sapevamo che, presto o tardi, tuo fratello sarebbe venuto da te. È bastato qualche appostamento... – Il tono di Gianfranco era impersonale, appena imbevuto di ferocia.

– Ma ti sembra giusto? – soffiò fuori la pasticciera e sentí che il suo coraggio cercava qualcosa cui potersi aggrappare, per non finire a terra.

– Certo. È la legge. Pensavi di meritare un trattamento speciale? – Il vice commissario si stava vendicando e poteva farlo glassando la meschinità del suo animo con un doppio strato di ragione e diritto.

– Ascoltami, ti prego, – cominciò allora Caterina, – possiamo risolvere la cosa. Anzi, stavamo proprio per risolverla. Restituiremo la cifra… è solo questione di giorni… – Caterina usava un plurale che non avrebbe dovuto coinvolgerla, dettato dallo spavento e dall'affetto per il fratello.

– Finché la denuncia non viene ritirata, io devo fare il mio dovere… – Era la seconda volta, in quella breve e disperata conversazione, che Gianfranco utilizzava la parola «dovere», un termine nobile e civile che da sempre spinge gli uomini alle mostruosità piú grandi.

Mentre lo portavano via, Vittorio rivolse lo sguardo alla sorella e non a Susanna: il suo istinto di martora presa al laccio gli suggeriva con chiarezza da quale parte poteva arrivargli un aiuto, in quel momento. La scena si consumò in pochi minuti, poi gli agenti spinsero Vittorio nella volante e Gianfranco azionò pure la sirena, casomai nel quartiere non si fossero accorti che il fratello della maledetta sgualdrina che lo aveva lasciato (che aveva lasciato un uomo come lui!) era stato arrestato dai tutori dell'ordine. Vergogna, vituperio e disonore su quella famiglia, capace di fornire solo donne perdute e delinquenti comuni.

Caterina rimase in piedi in mezzo alla strada, mentre ricominciava a piovere. Susanna la salutò sottovoce e s'allontanò rapidamente, il metronomo dei suoi fianchi ancheggianti scandí il tempo che impiegò a sparire dentro un vicolo. Caterina tornò in casa, dove si fece un caffè, lasciandosi andare a considerazioni che non contemplavano nessun lieto fine.

Poi, sentí il bisogno di parlare con Antonio.

– Ce l'hai fatta ad arrivare. Che succede? – le chiese la voce, che sapeva interpretare le assenze di Caterina piú delle sue parole. Lei, parlando, mescolava tutto: l'arroganza di Ernesto, il livore di Vittorio, la grettezza di Gianfranco.

– Non è una situazione facile, lo capisco. Non essere troppo preoccupata per tuo fratello, vedrai che nei prossimi giorni lo metteranno ai domiciliari. Come ti senti? – Caterina rispose che era stordita da quella mitragliata di avvenimenti nefasti, un défilé di sventure cui non le era mai capitato di dover assistere, fino ad allora. Poi posò una guancia sull'apparecchio radiofonico e rimase cosí, con la testa abbandonata sulla spalla di quell'uomo dolce e comprensivo che una spalla, forse, neanche l'aveva.

– Coraggio, su. I periodi bui sono come certe canzoni rap: hanno di buono che, a un certo punto, finiscono. Sei salda come uno scoglio, io lo so bene. La burrasca passerà e tu te ne starai seduta sulla spiaggia a guardare le rondini di mare che giocano tra loro. Che odore meraviglioso che hai.

– Puoi sentirlo? – si sorprese lei.

– Posso.

– Ho messo un po' di profumo, ieri... al mughetto...

– No, non parlo del profumo, ma del tuo odore... quello della tua pelle... è sensuale e commovente... mi viene voglia di stringerti e raccontarti una storia...

Caterina chiuse gli occhi e sentí che il cuore stava per traboccarle dalle labbra. Si fermò prima che la diga crollasse. Nel riquadro della finestra continuava a diluviare. Vedeva le piante trascurate sul balcone del suo dirimpettaio e due grossi uccelli grigi che saltellavano sulle tegole del tetto.

– Vorrei poterti aiutare, – parlò ancora lui. Un aereo solcò il cielo incorniciato dagli infissi e sparí.

– Non sai quanto lo fai.

Carla e Shu avevano capito che in quei giorni la loro principale stava attraversando una palude, immersa fino alle ginocchia nel fango dei guai che la sorte le riservava. Non potevano aiutarla in nessun modo né darle consigli su come comportarsi, perché ognuno conosce la propria, di palude, e dare suggerimenti su quelle altrui è molto pericoloso. Si corre il rischio d'indicare la direzione delle sabbie mobili. Le due commesse potevano solo cercare di renderle piú leggero il lavoro e dimostrarle, con la delicatezza che si riserva ai malati, tutto l'affetto che provavano per lei. Caterina ormai mancava spesso dal negozio, e quando ci andava si chiudeva nel laboratorio a impastare e infornare come un'ossessa.

Intanto, il signor Liang aveva fatto dei progressi nel suo corteggiamento. Era riuscito a ottenere il permesso di regalare a Shu una pentola a pressione, impiegando il lasso di tempo in cui un occidentale avrebbe già iniziato le pratiche per il divorzio. Il signor Liang era felice. Non chiedeva altro che la prospettiva di una beatitudine futura con la sua amata, senza il bisogno di garanzie né la smania di forzare le cose.

Avere alle dipendenze una commessa con un pretendente abilissimo nei lavori manuali può essere una vera fortuna. Quel pomeriggio, il signor Liang stava combattendo con l'illuminazione di una vetrina-frigo, che aveva deciso di ammutinarsi e lasciare al buio una folta comitiva di mignon. Con le maniche della camicia rimboccate e un cacciavite in mano, affrontava i circuiti elettrici con la sicurezza di chi era certo l'avrebbe spuntata. Il suo sudore si esaltava nella lotta contro l'acqua di colonia, generando un gradevole effluvio di uomo al lavoro. Shu lo guardava, di tanto in tanto, e sempre di sottecchi. Non rinunciava al suo ruolo di piccola divinità di giada ma si notava quanto fosse compiaciuta.

Il signor Liang, ogni cinque minuti, andava a relazionare Caterina sui suoi progressi nella lotta contro la tecnologia, il che rallentava non poco le operazioni.

– Lei è davvero un amico prezioso, Liang, – gli disse Caterina, – sono molto fortunata a poter contare sul suo aiuto e non ho dubbi che risolverà molto presto il guasto. Non si scomodi a comunicarmi tutte le fasi, tanto non sarei in grado di capirci niente. Grazie ancora per la sua gentilezza... – Inebriato da quelle parole, l'orientale si lanciò di nuovo nel suo duello all'ultimo sangue con i led.

L'arrivo di Ernesto passò completamente inosservato. La sagoma del tabaccaio si stagliò, nei limiti delle sue modeste possibilità, vicino alla grande cristalliera che delimitava l'entrata. Restò lí, in attesa che qualcuno si accorgesse di lui, con l'aria di chi ha saputo perdonare. Capí quasi subito che sarebbe potuto rimanere a lungo in quel limbo, mimetizzato tra la vetrata e il legno di frassino della stigliatura. Allora avanzò piano fino al centro della pasticceria, conferendo al suo incedere tutta la dignità di cui era capace. La sua breve marcia di protesta fu interrotta dagli idranti di Shu, che lo salutò squillante, col sorriso perfetto di una bambola di porcellana. Carla invece non degnò il nuovo arrivato di uno sguardo, casomai qualcuno nutrisse dei dubbi sul fatto che non lo sopportava.

– Vorrei vedere Caterina, – disse Ernesto.

– Pensavo volesse comprare dei cannoli, – bofonchiò Carla. Poi gli indicò il laboratorio, dove lui si avviò con composta fierezza.

Caterina stava lavorando a una Millefoglie, o forse era una Diplomatica, difficile dirlo. Quando la vide venne scosso da un fremito di passione, imbarazzante in un individuo del genere, ma purtroppo compreso nella gamma di accessori che la Natura gli aveva concesso. La pasticciera non ne percepí la presenza e lui commise l'errore marchiano di metterle una mano calda e umida su una spalla.

Il grido di Caterina sconvolse addirittura i pasticcini. Le commesse e il signor Liang accorsero e trovarono Ernesto bianco in volto, mentre l'urlatrice aveva ancora gli occhi sgranati e la bocca spalancata.

– Scusate, ero sovrappensiero... – si giustificò Caterina. La piccola processione abbandonò il laboratorio, lasciando i duellanti a confronto.

– Non volevo spaventarti –. Seguí un momento di costernazione reciproca, la cornice ideale per i pensieri di un uomo che non sapeva come comportarsi e quelli di una donna che avrebbe voluto essere da un'altra parte.

– È stata colpa mia.

– Tuo fratello mi ha detto che volevi riaprire il discorso –. Ci sono persone che risultano irritanti qualunque cosa dicano.

– Accetto solo di parlare d'affari... – Caterina non avrebbe mai immaginato di pronunciare una frase del genere nel corso della sua esistenza. Ernesto si sforzò di non lasciar trapelare la sua insoddisfazione, vasta, selvaggia, non ancora esplorata del tutto neanche da lui. Pensò che fosse meglio non fare mosse sbagliate, un'attività per cui aveva un talento naturale. L'intenzione nascosta dietro la correttezza posticcia che sfoggiava era di sondare fino a che punto fosse estremo e definitivo il rifiuto di Caterina nei suoi confronti.

– Va bene... parliamo d'affari.

Fu a questo punto che Caterina comprese di non essere assolutamente in grado di farlo.

– Beh... forse dovresti partire da un'offerta, – disse al tabaccaio.

– Non mi piace parlare di soldi con te... comunque,

il prezzo di mercato del tuo negozio è sui cinquantamila euro...

– Me ne occorrono centomila, – rispose lei d'impulso. Ernesto la guardò con tutto lo stupore artificiale che fu capace di produrre.

– Centomila? È il doppio del suo valore... – Le cose stavano prendendo la piega che lui desiderava.

– A me servono centomila euro, non posso fare di meno... ti cedo anche la licenza, insieme alle mura del negozio!

– Non m'interessa la licenza, non devo mica vendere dolci... te l'ho detto che mi occorre un magazzino, no? – La strategia di Ernesto, adesso, era giocare in difesa e attendere che l'avversario si scoprisse. Passarono una quindicina di secondi durante i quali Caterina cercò di distillare un'idea che potesse risolvere la situazione.

– Allora potresti comprare le mura per cinquantamila euro e prestarmene altri cinquantamila, giusto per qualche mese... posso darti delle garanzie...

– Io non presto denaro. Non è il mio mestiere. Lo spendo, lo risparmio, lo condivido con le persone che amo... ma non lo presto. Non l'ho mai fatto –. Ernesto voleva stravincere, interpretando anche il ruolo dell'anima nobile.

– Lo capisco, – fu tutto ciò che l'unica spettatrice di quel breve, emozionante monologo riuscí a ribattere. Poi Ernesto si avvicinò a Caterina, non troppo ma abbastanza da esporla alle radiazioni della sua virilità.

– Ricorda che ti voglio bene... e che tutto si potrebbe sistemare, – disse. Poi si avviò verso l'uscita, dove pronunciò la sua battuta finale: – Se vuoi vendere il negozio, io lo compro. Se poi ti vengono in mente altre soluzioni... io le ascolto.

Le due commesse e il signor Liang si guardarono tra loro, dimostrando che niente affratella gli esseri umani piú di un presentimento negativo.

Cos'altro sarebbe accaduto non era facile immaginarlo né Caterina lo desiderava, perché l'inconsapevolezza a volte è una risorsa, l'unico privilegio cui si può ambire quando ci si trova nei guai. Raccontò ad Antonio quello che era successo, lui divenne pensieroso e le disse che le sarebbe convenuto mettersi con Ernesto, avrebbe risolto tutti i suoi problemi. La radio rimase accesa ma i due non si rivolsero la parola a lungo, come succede spesso a tante coppie regolari. Un passo importante verso la normalità, in fin dei conti.

Suonarono alla porta. Dentro lo spioncino apparve la faccia pallida e perplessa di Vittorio. E Caterina, nel vederlo deformato dalla lente e intristito dalla luce fioca del pianerottolo, provò un'ansia improvvisa.

– Sei scappato? – chiese aprendogli.

– Ma no... l'avvocato ha ottenuto gli arresti domiciliari.

Lo abbracciò, lui ricambiò la stretta con lo stesso trasporto di un tronco di cedro, posò il vecchio borsone vicino al divano e si sedette, muto. Caterina, in cuor suo, apprezzava che fosse passato da lei prima di tornare dalla fidanzata. Per la precisione, mentre caricava la caffettiera, pensò che quel metro e novanta di carne che condivideva il suo patrimonio genetico e i cui capelli cominciavano a imbiancare, quell'uomo incapace di trovare la quantità minima di pace necessaria a portare avanti un'esistenza tollerabile, aveva voluto vedere lei per prima, una volta uscito di prigione.

– Ti verrò a trovare spesso, da Susanna, – disse tenendogli la mano.

– Ho dato questo indirizzo al giudice, per i domiciliari.

– Cosa significa? – Caterina non capiva.

– Significa che finché non revocheranno la misura cautelare, io starò qui. Scusami, non pensavo di crearti problemi. Sei la mia sola parente, non me la sentivo di andare in nessun altro posto...

Dalla radio in cucina partí un tango, era lo sberleffo di Antonio. Caterina lasciò il fratello in soggiorno e andò a far tacere quel fracasso, ma la voce le disse «Non spegnere» e lei si limitò ad abbassare il volume. Antonio ormai aveva diritto di sapere quello che succedeva lí dentro.

– Sono felice che tu abbia deciso cosí. Questa è casa tua.

Susanna passò a salutare il fidanzato qualche ora dopo, si trattenne pochi minuti, una raffica di «caro» e «tesoro» che finí con la rapidità di un acquazzone estivo. Vittorio si accasciò sulla poltrona color prugna e non si mosse fino all'ora di cena, impantanato nelle sue angosce.

I giorni che seguirono furono pesanti, Vittorio poteva vantare uno stato vitale perfetto per dettare le ultime volontà. Con la radio sempre accesa, Caterina si sentiva piú forte e serena: era rassicurante sapere che un essere, una persona, una creatura, uno spirito, una voce, insomma quello che era, la seguiva e l'ascoltava, con pazienza e affetto.

Giulia si presentò un pomeriggio per parlare con Antonio, e Caterina la collegò alla radio attraverso gli auricolari, in modo che Vittorio non potesse sentire. Ignorava cosa la voce stesse dicendo a quel piccolo cipresso itinerante, vide solo che la ragazza se ne stava assorta, tutta concentrata sulle parole misteriose che sentiva. Per un istante le sembrò addirittura che sorridesse.

Quando Susanna gli faceva visita, sempre in alta uniforme e con un piccolo regalo, Vittorio appariva scoraggiato e parlava pochissimo, lasciando alla sorella il compito d'intrattenerla.

– Lo vedo bene... – era la frase che la bionda soffiava sempre nell'orecchio di Caterina prima di andarsene, forse l'avrebbe pronunciata anche se Vittorio si fosse fatto trovare in piedi su uno sgabello e con un cappio al collo.

– Davvero credi che papà sia stato ingiusto? – gli domandò una sera Caterina. L'autobus onorò la fermata sotto il balcone e dalla finestra entrò il rumore delle porte che si aprivano, uno sbuffo d'insofferenza che raccontava quella città meglio di qualunque guida turistica.

– Non devi badare alle cose che dico. Chi lo fa prima o poi si becca una bella fregatura –. Vittorio disse proprio cosí. Caterina gli abbracciò la testa e rimasero in quell'atteggiamento: la scultura vivente di una modesta, commovente deposizione laica.

Quando Vittorio andò a dormire, quella notte, Caterina si chiuse in camera. Aveva portato con sé la radiolina. La posò sul letto, poi andò in bagno a compiere quell'affascinante serie di operazioni che le donne eseguono prima d'infilarsi sotto le lenzuola. Dopo che le ebbe terminate, con la pelle del viso lucida per una crema indecifrabile, indossò una fascia per i capelli, mise una camicia da notte nera, si distese e girò la manopola, facendo attenzione a tenere basso il volume.

Una voce aspra cantò, spiegando che ogni respiro della sua amata gli apparteneva.

– È la prima volta che dormiamo insieme... – Un violento e ingiustificato attacco di pudore colse Caterina, che portò le mani sui seni per coprire la trasparenza del tessuto. Sentí Antonio che rideva e rise a sua volta.

– Come sei stupido...

– Come mi piace che tu lo dica... è la cosa piú intima che tu mi abbia mai detto, – rispose la voce.

– Hai avuto delle fidanzate? – Caterina si rese conto che stava per dire *prima di me*, ma fu velocissima nel tirare il freno a mano.

172

– La tua curiosità mi gratifica... non so se è il caso di appagarla...

– Forse sono stata indiscreta, come non detto –. Questo è un gioco in cui le signore sono molto piú brave, mostrano nervi saldi e sanno bluffare. Antonio capitolò immediatamente.

– Beh, sí... ma è passato del tempo... – Mentre le donne parlano dei loro amori trascorsi rivendicandoli e difendendoli, i signori lo fanno con un curioso senso di colpa e Antonio non dirazzava.

– La amavi?

– Sí.

Caterina provò una piccola stretta allo stomaco.

– E lei ti amava?

– Amare, sono idonei in pochi. La maggior parte delle persone vuole bene a modo suo.

Per un po', quei due non parlarono piú, ognuno assorto nelle proprie malinconie, nei ricordi, in pensieri che non era in grado di controllare. Poi, all'improvviso:

– Sei bella come il primo giorno di ferie, come un pareggio all'ultimo minuto, come il ginocchio sbucciato di un bambino, come una nuvola davanti alla luna, come la risata degli amici quando hai finito di raccontare una storiella. Perdonami di non avertelo detto piú spesso.

Caterina sentí che la testa le girava, lo stesso sbandamento che ti prende quando bevi un paio di bicchieri di vino e poi ti alzi di scatto dalla sedia.

– Come fai a dirlo? Non mi vedi...

– Oh... ti vedo benissimo... vedo il modo buffo in cui muovi le labbra quando pronunci le vocali, vedo le tue mani magre e forti, le vedo e vorrei che mi accarezzassero i capelli... vedo le tue piccole rughe intorno agli occhi, che mi raccontano l'allegria e la passione di cui sei capace... vedo le tue spalle e mi chiedo come facciano, milioni di uomini lí fuori, a pensare di poter continuare a vivere senza sfiorarle... vedo che in questa battaglia tu combatti in collina e io a valle e quindi sono in una posizione di svantaggio... e lo sarò per sempre, perché qualunque cosa tu faccia o dica, io ho bisogno di te per vivere...

– Antonio... – Piú di questo, Caterina non riuscí a dire. Attirò a sé la radio, come un amante desiderato a lungo. L'idea che lui potesse vederla le piaceva moltissimo.

Spense l'abat-jour sul comodino. Dall'apparecchio sistemato sopra il cuscino, le sembrava di sentire il respiro di Antonio. L'aria era piena di parole luminose, che volavano come lucciole nel buio della stanza.

Ettore era un bambino fuori dal comune. Aveva tre anni ed era brutto come solo i bambini, che per definizione sono tutti belli, riescono a essere quando sono brutti. La testa era enorme rispetto al resto del corpo e l'insieme dei due elementi era solito varcare la soglia della pasticceria imbracato saldamente su un passeggino, quasi si trattasse di una creatura pericolosa che, libera dalle catene, avrebbe potuto devastare quel pezzetto di mondo.

A Caterina piaceva il piccolo prigioniero perché sorrideva sempre, pur senza averne il minimo motivo. Gli occhietti vagavano famelici per il negozio, smaniosi di vedere, di scoprire, di conoscere quale menu la vita gli sottoponeva, cosa c'era da toccare, da leccare, da rompere, da tirare.

Ogni giovedí pomeriggio, Ettore faceva il suo ingresso spinto dalla madre, una donnina che pareva impossibile l'avesse partorito.

– Ma quanto sei bello! – gli diceva Caterina, e il bambino, che non sembrava abituato a tutti quei complimenti ma era già vittima del fascino femminile, si esaltava, cominciava ad agitarsi sul passeggino, rideva e sbraitava. Carla a quel punto chiedeva alla madre se poteva fare omaggio di una pasta al piccolo sciupafemmine e lei autorizzava l'operazione, raccomandandosi di dargliene una alla panna.

Un pomeriggio, la madre di Ettore si presentò segregata come al solito nel suo cappottino color riservatezza. Doveva andare a fare delle commissioni e avrebbe preferito non portarsi dietro Ettore. Poteva lasciarlo una mezz'ora in pasticceria?

La risposta delle tre Grazie fu unanime ed entusiasta. Appena la mamma si fu allontanata, Ettore percepí subito, sebbene in maniera confusa, che quella era la sua prima avventura galante, e si abbandonò alla corte delle tre signore. Shu propose di mettere a punto l'evasione del loro giovane amico, liberandolo dalle cinghie del passeggino. Le altre due si dissero che, tutto sommato, cosí sarebbe stato molto piú semplice spupazzare quel figlio a noleggio. Il bambolotto vivente fu slegato, sbaciucchiato sulle guance e deposto al centro del negozio, dove rimase impalato per alcuni secondi, sopraffatto da quell'indipendenza improvvisa. Poi mosse qualche passetto tentennante, senza un indirizzo preciso. Le tre balie erano in visibilio, tutto sembrava loro un miracolo unico e irripetibile, compreso il moccio che colava dal nasino. Ettore intanto iniziava a prendere confidenza con l'ambiente ed è questo il pericolo maggiore, quando si ha a che fare con un marmocchio. Si diresse verso la vetrina a colonna con le torte in bella mostra, incantato di fronte a quello spettacolo che gli suggeriva un'azione intrepida dai contorni ancora indistinti.

Nella pasticceria entrarono tre teppistelli che Caterina e le sue commesse conoscevano bene. Uno di loro sgattaiolò dietro il bancone e le donne si mossero all'unisono per intercettarlo. Ettore intuí che la sua autonomia aveva subíto un avanzamento insperato, una promozione che lo proiettava in un pianeta sconosciuto e tutto da esplorare, senza gigantesse alle costole. Un curioso, devastante senso di potere s'impossessò di lui. Emise un gridolino che, nelle sue intenzioni, doveva essere un urlo di battaglia.

Intanto Carla, muovendosi come un cane da pastore dentro un ovile, era riuscita a indirizzare i ragazzini verso l'uscita, e visto che sotto la scorza batteva un cuore di marzapane aveva anche regalato loro qualche dolcetto, alternato a minacce di vario genere. Fece appena in tempo a tirare il fiato, che un rumore apocalittico rimbombò per il negozio. Le tre donne si guardarono tra loro, non trovando il coraggio di guardare verso l'angolo dal quale proveniva lo schianto.

Sí, Ettore aveva tirato giú la vetrina a colonna.

I vetri erano scoppiati e le torte all'interno sfracellate: un disastro, nonostante le roselline di zucchero che guarnivano una Charlotte, spalmate un po' dappertutto, ingentilissero la scena.

Ettore aveva la faccia di chi non era mai stato lí, ma il callo della simulazione non è ancora ben sviluppato, in un'età cosí tenera: immobile, sulla punta dei piedini, fissava un punto indefinito. Aspettava che le tre creature che lo affascinavano tanto emettessero il loro giudizio.

– Tesoro... ti sei fatto male? – disse angosciata Caterina prendendolo in braccio. La giuria aveva decretato l'assoluzione con formula piena. Ettore, nella sua testolina elettrica e rutilante, comprese che non avrebbe subíto cazziatoni. L'immunità inebria e rende spavaldi: quei pochi chili di essere umano non sfuggivano a questa regola antica. Ettore lanciò un urlo di sfida al Creato, poi, come un minuscolo tirannosauro, iniziò a caracollare per il negozio, pronto a produrre quei danni che il pianeta si aspettava da lui, che non lo avrebbe certo deluso.

Quando la madre tornò a prenderlo, vide il rudere della vetrina e avanzò subito l'ipotesi che fosse opera del frutto dei suoi lombi.

– Ma no, signora... siamo state noi... anzi, sono stata io! – s'immolò Caterina.

La donna capí che le conveniva crederci.

La sera, a casa, Caterina parlò con Antonio di Ettore, infiammandosi come un cerino.

– Insomma, ho un rivale... Ti piacerebbe avere un figlio? – andò subito al dunque lui.

– Non lo so, credo di sí. Però non ci ho mai pensato veramente...

– Se non ci hai pensato dipende dal fatto che non hai mai avuto accanto la persona giusta. E non lo dico soltanto per tirare l'acqua al mio mulino, il che è inconfutabile, ma perché credo sia vero. Sei una persona buona, gentile, onesta... una quantità di difetti preoccupante, visti i tempi che viviamo. E poi hai dei bei fianchi larghi...

– Come ti permetti? – Lo sdegno di Caterina aveva già virato in una risata soffocata. – Non ho dei fianchi larghi!

– Oh sí... sono mesi che sogno di posarci sopra la testa e addormentarmi... – C'era qualcosa di malinconico e di appassionato nel tono di Antonio. La proprietaria delle anche prolifiche sentí il respiro che le accelerava.

– La mia vita era ferma come un acquitrino, prima che arrivassi tu... – Caterina sembrava parlare a se stessa.

– Sono il sasso lanciato da un bambino, il ciottolo che ha increspato il tuo specchio d'acqua...

Fuori non passavano automobili, un ciclopico senso di sospensione del tempo s'era impadronito della strada sottostante e dei loro cuori.

– Io non so come fare –. Caterina aggiunse semplicemente questo, la regina di tutte le frasi, l'unica che abbia davvero un senso, la dichiarazione universale della fragilità umana, della nostra inadeguatezza di fronte ai macigni che gli eventi ci mettono sulle rotaie.

– Me ne rendo conto –. Dal modo in cui Antonio aveva scandito quelle parole, si capiva che erano frutto di un'elaborazione lunga e incessante. Forse smetteva di pensare a Caterina per parlare con lei, per entrare nelle sue ore: e una volta terminato l'incontro, riprendeva a fantasticare senza sosta.

– Ti prego, toccami, – disse lui dopo un silenzio, come se entrambi fossero davvero all'interno della stessa stanza, come se tutto, ogni preoccupazione, ogni incertezza, ogni paura, potesse essere frantumato da un abbraccio.

Caterina allungò la mano e la posò sopra l'apparecchio radiofonico. Le parve di sentire un sospiro. Probabilmente era cosí.

Susanna, appena arrivata, s'era chiusa nella stanza di Vittorio, e dopo un incontro di pochi minuti s'era dileguata con una certa velocità. Aveva una missione da svolgere, con la precisione e il rigore del condor che cala sulla carogna di una mucca.

Caterina trovò il fratello accasciato sulla vecchia poltrona bergère che, tra i mobili presenti nella camera, ricopriva indiscussa il ruolo di decano. Lo sguardo di Vittorio era fermo nell'aria, un colibrí disperato che non sapeva dove posarsi.

– Tutto bene?

– Mi ha lasciato –. Detto questo Vittorio, l'uomo che viaggiava per il Paese intortando i gonzi, scoppiò a piangere.

– Mi dispiace... mi dispiace tanto... – c'era autentica pena nella voce di Caterina, la situazione sentimentale del fratello aveva già scalato la classifica delle sue angustie e adesso era saldamente al comando.

– Dice che non può stare con uno che non le dà nessuna sicurezza per il futuro... ha ragione... – Essere d'accordo con il proprio carnefice è un'abitudine molto comune. Caterina sentí crescere dentro un'onda di rabbia nei confronti di Susanna, che aveva gioiosamente scialacquato la sua gioventú nell'incertezza di decine di rapporti precari per poi decidere di cercare la *sicurezza* in un individuo come Vittorio.

– Stai tranquillo, capirà di avere sbagliato. E se non lo capirà, non avrai perso molto –. Ma Vittorio si ribellò a quell'improvvisa durezza di Caterina, non aveva intenzione di tollerare che qualcuno parlasse male del suo aguzzino.

– Sei ingiusta… cosa posso offrirle, io? Non ho combinato nulla nella vita e ora rischio anche di finire dentro… Non posso darle niente, è questa la verità… Lei potrebbe avere tutti gli uomini che vuole…

«Li ha già avuti tutti, gli uomini che vuole…» pensò Caterina, ma non lo disse. Poi, come d'incanto, era stata fulminata da quel bisogno di garanzie e da quel repentino senso della famiglia che coglie un certo tipo di donne, superata la quarantina. Ma anche questo, Caterina non lo disse.

– Sono sicura che si aggiusterà tutto… cosí sicura che se vuoi te lo metto per iscritto! – L'affetto verso certe persone ci spinge a sbilanciarci in affermazioni pericolose.

– Non ne va dritta una… non ne va dritta una… – furono le ultime parole di Vittorio prima di addormentarsi stremato.

Caterina andò in cucina, l'unico ambiente della casa che era in grado di tranquillizzarla davvero. Si mise a preparare la cena, ma prima accese la radio.

– Quella donna è una calamità, ma Vittorio è talmente succube che non lo capirà certo adesso, – disse Antonio.

– Mi sembri esperto… – lo provocò Caterina. Prima che lui potesse rispondere, suonarono alla porta.

– Nasconditi! – esclamò lei. La loro intimità era talmente cresciuta nelle ultime settimane che Caterina ormai considerava la voce una presenza fisica concreta, due spalle dentro una giacca, una testa su un cuscino, due piedi infilati all'interno di scarpe bagnate a sporcare il parquet. Antonio andò a imboscarsi dietro un motivetto orecchiabile e la padrona di casa aprí la porta.

Gianfranco s'era acchittato, indossava un impermeabile nuovo preso apposta per l'occasione, anche se aveva trovato con se stesso la scusa molto valida di un fuori tutto. Era passato a prendere le poche cose lasciate nell'appartamento della sua ex.

– Fai pure. Scusami se non ti accompagno, voglio preparare un dolce per Vittorio…

– Come sta? – fu obbligato a informarsi Gianfranco.

– Bene, – non che fosse vero, ma il suo concetto di dignità la portava istintivamente a dissimulare.

– Ho fatto solo il mio dovere, – disse allora lui, dimostrando ancora una volta di non poter aspirare a nessun tipo di redenzione.

Caterina iniziò a impastare uova, farina e zucchero: le mani andavano da sole, la mente cercava di prevedere quello che sarebbe successo. Quando Gianfranco riapparve, aveva in mano una valigia e sulla faccia una maschera da scena madre. Bisognava salvare l'orto dal cinghiale.

– Ciao, Gianfranco. Se dovessi trovare qualcosa che hai dimenticato ti avverto… d'accordo? – Si pulí con uno strofinaccio, in vista del saluto definitivo. Ma non appena gli porse la mano, lui l'afferrò e la tirò a sé, la mano e tutto quello che c'era attaccato.

– Forse non è troppo tardi… forse possiamo ancora essere felici, – disse lui, prendendola tra le braccia. Aveva considerato la durata del loro legame, la convenienza e il bisogno comune di costruire una famiglia, le prospettive che un eventuale, auspicabile rinfocolarsi della passione poteva aprire a entrambi. Insomma, aveva valutato tutto, tranne l'assoluta contrarietà di lei.

– Ti prego, non rendere tutto piú difficile –. Caterina aveva sperato di non dover dire quella frase.

– Non posso permetterti di commettere un errore cosí grossolano. Un giorno mi ringrazierai per questo! – La conversazione stava precipitando nei toni di un romanzo d'appendice. La pasticciera iniziò a divincolarsi, ma Gianfranco la stringeva nella sua morsa da lottatore infoiato e non le permetteva di liberarsi. La spinse contro la credenza e la immobilizzò con il peso del suo corpo. Poi tentò di baciarla.

– Lasciala, stronzo!

Gianfranco si girò per vedere se fosse entrato qualcuno. La cucina era vuota. Allora guardò la sua vittima, che

certo non considerava tale, per scorgerle negli occhi una qualche risposta. Vi trovò solo spavento.
– Chi è stato?
Caterina non rispose.
– Dov'è Vittorio? – incalzò Gianfranco. La logica era un esercizio in cui si applicava con diligenza. Caterina gli disse che dormiva nella sua stanza e lo pregò di lasciarla andare. Capire quand'è il momento di finirla: questa percezione apparentemente banale è, in realtà, un superpotere riservato a pochi. Il contatto con il corpo di Caterina, che gli mancava ormai in maniera brutale, spinse Gianfranco a ricominciare la sua perquisizione. Lei non voleva gridare, temeva che l'intervento di Vittorio potesse aggravarne la posizione davanti alla giustizia. Incoraggiate da quel silenzio, le mani di lui diventavano sempre piú spudorate e le sue labbra percorrevano il collo di Caterina, una statale poco trafficata sulla quale schiacciare tranquillamente l'acceleratore. Quella lotta muta avrebbe potuto avere un solo epilogo. Inaspettato, il suono di un jingle riempí la cucina, la sigla aggressiva e pretenziosa di un giornale radio.
– Buonasera. Prendiamo la linea per un aggiornamento sul tentativo di golpe che si sta verificando nel Paese. Circa trenta minuti fa, un gruppo di uomini armati ha fatto irruzione nel palazzo del Parlamento, mentre un secondo manipolo tentava d'introdursi nella sede della tv di Stato. Scontri a fuoco sono in atto a Roma, Milano e Napoli. Non è ancora chiaro da chi sia composta la formazione eversiva che sta attentando alle nostre istituzioni democratiche. Il ministero dell'Interno, in un comunicato, ha invitato tutti i rappresentanti delle forze di polizia e dell'esercito a raggiungere al piú presto le caserme e i commissariati di appartenenza... – La sigla del notiziario suonò ancora piú drammatica, quasi grottesca. Gianfranco aveva ascoltato immobile. Tirò fuori la pistola d'ordinanza dalla fondina che teneva ancorata alla cintura dei pantaloni, la guardò inebetito, poi la rimise al suo posto.

- C'è un colpo di Stato! - Si guardò intorno senza alcuna apparente consapevolezza, poi si avvicinò alla finestra ed esaminò la strada.
- Chiuditi dentro! - questo fu l'estremo consiglio che Gianfranco diede alla donna che si ostinava ancora a considerare sua. Uscí sbattendo la porta. Caterina rimase appoggiata alla cassettiera, a riprendere fiato.
- È un bastardo, avrei voluto prenderlo a calci in faccia... come hai fatto a stare con un tipo del genere?
- Non credevo che fosse cosí...
- Ah, ecco. Senti questa favola che mi raccontava sempre mia nonna. In un grande prato fiorito, una libellula decise d'organizzare una bella festa, invitando tutti i suoi amici... ognuno doveva portare qualcosa da mangiare... la farfalla portò petali di rosa, il grillo bei chicchi di grano dorati, il lombrico tenere foglie di gelsomino... poi arrivò lo scarabeo stercorario, spingendo con le zampine posteriori una grossa sfera marrone... «Ma è cacca!» esclamò la libellula... «Certo», rispose lo scarabeo, «se inviti uno come me, cosa ti aspetti?»
- Non ti ci mettere anche tu! - disse Caterina.
- Hai ragione, scusami...
- Bella l'idea del colpo di Stato.
- Ero certo che avrebbe funzionato, con un cretino di quelle dimensioni. Non durerà a lungo, ma per il momento...
- Speriamo che non torni.
- Tornerà -. Il tono di Antonio non lasciava spazio all'ottimismo.
- Non so come fare, - disse ancora una volta Caterina. L'assenza di vie d'uscita è una prospettiva che ci toglie l'obbligo di prendere una decisione, lasciandoci solo la grande fatica di accettare l'inevitabile. Caterina carezzò la radio, salutò la voce e spense.
Quella notte rimase distesa sul letto a fissare per ore dalla finestra un cielo senza stelle.

La visita di Stefania in pasticceria fu una bellissima sorpresa. Caterina le propose di andare a prendere un tè in una sala nelle vicinanze: l'amica valutò con circospezione l'offerta e infine accettò, con un malessere difficile da comprendere.

Il locale era modesto, ma il menu era scritto in più lingue come quelli del centro. Stefania si guardava intorno, a disagio, si sentiva in un ambiente ostile e sconosciuto, un sommozzatore con pinne e bombole che passeggia nella giungla.

– Come sta Giulia? – chiese Caterina mentre immergevano le bustine nelle tazze fumanti.

– Meglio... meglio, mi sembra... e questo da quando viene da te...

– Sono felice di quello che mi dici. Ne sta uscendo... forse... ho quasi paura a dirlo... – Il cuore della pasticciera fece una piccola capriola.

– Da quando viene a casa tua... – ribadí Stefania. – Da quando viene a casa tua...

– È un caso, credo... – si schermí Caterina. – Anzi, ne sono convinta... si tratta di momenti di crescita, in qualche modo ci siamo passate un po' tutte...

– No... da quando viene a casa tua... da quando parla con lui...

Caterina posò la tazza prima ancora di essere riuscita a portarla alla bocca. Non osava alzare lo sguardo sull'amica, provava un senso di colpa immotivato per aver coinvolto nell'irragionevolezza di quella situazione una ragazzina già piena di problemi.

– Non so cosa ti abbia raccontato Giulia... – iniziò a giustificarsi, ma Stefania la interruppe.

– Non devi dire nulla... lei sta meglio, io lo so, la conosco... parla di piú, un paio di volte ha anche sorriso... va bene, va bene cosí.

– È un sollievo, – disse Caterina, sempre senza guardarla in faccia.

– Io voglio che parli ancora con lui... qualche volta... se la cosa non ti dispiace...

– Certo... puoi venire anche tu...

– No, io no! – Stefania s'irrigidí, terrorizzata dall'idea di avere ancora a che fare con quella presenza che non riusciva a spiegarsi.

Caterina non si dava pace. Il miglioramento della figlia sembrava coincidere con l'aggravarsi della madre, che ora appariva spaventata e con una gran voglia di chiudersi nel suo fortino.

Non si dissero molto, durante il loro incontro nella sala da tè, e alla fine Stefania insistette per pagare il conto. Baciò furtiva Caterina sulle guance e si allontanò come se avesse una missione da compiere e dovesse farlo al piú presto.

Caterina tornò in pasticceria, dove Carla la accolse con due brutte notizie, in ordine di gravità.

– C'è stato un guasto all'impianto elettrico, per il momento siamo senza luce. Prima è entrato Guidotti, cercava te... – Le disgrazie amano viaggiare in compagnia. – Se posso aiutarti... – aggiunse, e non si trattava di una frase di circostanza. Carla voleva sapere davvero cosa poteva fare per la sua principale: darle qualche solido consiglio molisano, ad esempio, o andare a spaccare la faccia al signor Guidotti. Lei non aveva paura di dimostrare nei fatti ciò che non era capace di dire a parole. Caterina la ringraziò, aveva capito tutto. Doveva fare qualcosa, lo avvertiva con chiarezza. Le torte finiscono per bruciarsi, se non sai quando toglierle dal forno. Gianfranco, Ernesto, la vendita del negozio, il futuro delle sue dipendenti, i guai giudiziari di Vittorio, le condizioni di Giulia, la voce alla radio: tutta la sua vita, che in quel momento era un unico gomitolo di problemi, era seduta su un carrello e stava per affrontare la discesa finale delle montagne russe.

– Ha detto che tornerà? – La domanda nasceva morta, sapeva bene quale risposta aspettarsi.

– Ha detto che tornerà –. Come Gianfranco, pure l'uomo dal laccetto di cuoio non aveva intenzione di mollare l'osso. Caterina fu attraversata da un pensiero curioso: doveva comprare presto una radiolina alimentata a batterie, altrimenti, in caso di black-out, non avrebbe potuto mettersi in contatto con Antonio.

Carla e Shu continuavano a muoversi nella penombra, due fantasmi azzurri tra i vassoi dei biscotti e i mignon.

La luce tornò proprio in quell'istante e Caterina volle cogliere la guarigione della rete elettrica come un segnale, un sintomo della volontà di Antonio di non lasciarla mai sola. Quando attraversiamo un periodo difficile ci aggrappiamo anche a presagi in edizione economica.

Il signor Liang si materializzò all'improvviso, ossequioso e profumato come sempre, e chiese a Caterina se aveva bisogno di qualcosa: lei sorrise, l'elenco sarebbe stato troppo lungo persino per uno come lui.

– Gentile gentile signora Caterina, questo è mio momento molto bello… molto bello, – furono le parole che il signor Liang confezionò e offrí a mani giunte alla sua interlocutrice, quando lei s'interessò del suo fidanzamento con Shu. Aveva ragione. Forse ce l'avrebbe fatta a sposarla, avrebbero avuto dei figli, comprato un ristorante piú grande in una zona centrale, lei sarebbe ingrassata e lui avrebbe perso i capelli, avrebbero scatenato liti da non parlarsi per due giorni, vissuto pomeriggi tranquilli in riva al mare, lei sotto l'ombrellone e lui intento ad aggiustare una sdraio, trascorso notti avvinghiati e mattinate indifferenti. Però mai, mai avrebbero vissuto di nuovo l'incanto di quel momento, in bilico sulla scarpata di una felicità ancora soltanto immaginata.

– Sono contenta per lei, Liang –. Era sincera, perché gli animi gentili riescono a gioire della fortuna altrui anche se la loro è stata appena centrata da un meteorite.

Quella sera Antonio voleva farle un discorso serio, onesto. Quando sentí il breve scatto dell'accensione, il suo battito cardiaco accelerò.

– Ci sei o vuoi giocare a nascondino? – Caterina non sapeva ancora avvertire l'arrivo di lui, se non parlava.

– Sono qui.

Caterina allora iniziò a raccontare come un fiume in piena ciò che le era successo durante la giornata, con quella vitalità che la Natura conferisce solo alle donne, insieme alla capacità di generare la vita e di occupare il bagno per un tempo incomprensibile.

– Devo parlarti, – la interruppe la voce, con la gravità tipica degli uomini che hanno qualcosa da dire ma non vorrebbero dirla.

– Parlami.

– Non è giusto quello che ti sto facendo –. L'aveva detto, finalmente, e si sentiva insieme sollevato e disperato.

– Cosa mi stai facendo? – domandò lei. Nel suo tono, forse senza che lo volesse, c'era un filo di malizia.

– Ti sto facendo perdere tempo... non abbiamo nessuna prospettiva, non potremo mai incontrarci, lo sappiamo tutti e due. Questa storia è una bomba inesplosa... può solo fare danni, quando per un motivo o per un altro sbaglieremo nel maneggiarla... – Dal modo in cui parlava, si capiva che non sarebbe riuscito ad alzare lo sguardo su Caterina, se l'avesse avuta davanti.

– Ma cosa dici?

188

– Quello che penso, quello che ritengo giusto dirti... ti amo, devo pensare al tuo futuro...

Una dichiarazione d'amore non deve addolorare chi la riceve, è uno dei pochi prodotti dell'animo umano che non dovrebbe avere questo potere. Quando succede, significa che la pietanza è stata cucinata in modo sbagliato o che gli ingredienti non sono quelli giusti.

– Non riesco a capire... – Caterina adesso non nascondeva la sua angoscia.

– E io non riesco a farti del male. Quanto tempo possiamo andare avanti prima che tu cominci ad accorgerti che ti manca qualcosa?

– Non credi che io sia abbastanza grande per decidere da sola cosa voglio?

– Penso di non dover essere egoista... e che devo proteggerti. Io non esisto, questa è la realtà.

– Tu esisti –. Nel dirlo, Caterina pensò che davvero Antonio era vivo e presente piú di Gianfranco, di Ernesto e di tutte le persone che, in un modo o nell'altro, avevano tentato di stare al suo fianco nel corso di quegli anni.

– Non dobbiamo sentirci piú, – sussurrò la voce in un rantolo che sembrava l'ultimo di un moribondo. Per alcuni secondi la stanza fu un contenitore sotto vuoto, senza aria né suono.

– Io ti amo, non voglio stare senza di te –. A parlare era stata Caterina e Antonio si trasformò all'improvviso in un ciclista che, dopo aver pedalato in salita a lungo, aveva raggiunto la pianura.

– Ti rendi conto di quello che mi stai dicendo? – In amore pretendiamo spesso la prova del nove: se potessimo chiederemmo garanzie scritte, meglio ancora un atto notarile.

– Sí.

Dall'apparecchio radiofonico uscí una serie di scrosci piú eloquente di tante parole. Poi una musica dolce e malinconica, una fisarmonica piena di ricordi e chitarre sognatrici. Caterina si sedette vicino alla fonte di quella melodia, con le braccia incrociate sul tavolo e la testa sopra, come si faceva da bambini a scuola quando la maestra invitava gli scolari a fare un riposino prima di riprendere lo studio.

– Da piccolo mi hanno tolto due denti perché stavano crescendo sul palato. Ero terrorizzato. Quando avevo dodici anni Totò, il mio gatto, è stato investito da un camion ed è morto. Enrico, lo zio preferito che passava ore a giocare con me, un giorno di novembre è scomparso e non abbiamo mai saputo che fine abbia fatto. Ho perso una gara di nuoto nel lago per cui mi ero preparato sei mesi, e forse è per quello che Serenella s'è messa con Max, ai tempi del liceo. Ho assistito a spettacoli teatrali orribili e ascoltato canzoni inascoltabili. Il mio migliore amico mi ha tradito, avrò avuto venticinque anni, e ha raccontato a tutti un segreto che gli avevo confidato. Mia madre, negli ultimi anni di vita, soffriva di una malattia degenerativa e spesso non mi riconosceva. È valsa la pena vivere tutto questo, per sentirti dire quello che mi hai detto.

Caterina non poteva parlare. In strada, un gruppo di persone passò ridendo.

– Dobbiamo trovare un modo, – disse Antonio con una determinazione nuova. Caterina non era in vena di mostrarsi lucida e combattiva, in quel momento. Rimase abbandonata vicino alla radio, non potendolo fare vicino all'uomo cui si era arresa, dopo aver subíto un lento, spietato, ammaliante accerchiamento.

– Dobbiamo trovare un modo, – ripeté la voce.

– Dobbiamo... – si accodò lei.

– Sai una cosa? Hai ragione tu, esisto. Ma non da prima di averti sentito ridere, parlare... non prima della prima volta che mi hai rimproverato...

– Non dipingermi come un caporale istruttore.

– Lo sei, e io sono la tua recluta...

Continuarono a dirsi quelle stupidaggini che costituiscono le fondamenta di una conversazione amorosa.

– Vorrei passare la notte tra le tue braccia, – si lasciò

sfuggire Antonio. Lo voleva anche Caterina, ma la certezza di quel desiderio reciproco, che avrebbe rappresentato la felicità per migliaia di altre coppie, finiva per alzare tra loro due un muro di sconforto.

– Dobbiamo trovare un modo, – fu l'ultima cosa che disse Antonio, prima che la radio venisse spenta.

Quale fosse quel modo, Caterina non lo sapeva. Eppure quella notte riuscí a dormire serena.

Nessun colpo di Stato: la notizia era una bufala, forse uno scherzo radiofonico, come quello del grande regista americano tanti anni prima.

Inizialmente il vice commissario l'aveva presa come una burla organizzata ai suoi danni da chissà chi e s'era sentito perculato a morte. Avrebbe voluto uscire in strada e cominciare a sparare come in un film western, anche se non sapeva contro quale nemico. Tentò di sondare il punto di vista di qualche collega su quello strano fatto, ma tutti gli interpellati lo avevano guardato come uno spostato, cosí s'era convinto che non fosse il caso d'insistere.

Da quella sera Caterina non lo aveva cercato, come invece lui si aspettava. Anche sforzandosi, stranamente, non era in grado di sentirsi addolorato per quella latitanza. Offeso sí. Aveva veramente sopravvalutato quella stupida ragazza invecchiata, pensando che potesse essere la compagna giusta per lui.

Però c'erano ancora molte cose da chiarire, da discutere, spiegazioni che pretendeva e sulle quali non era disposto a transigere. Insomma, non voleva rassegnarsi all'idea di perdere quella creatura indegna. Dato che con nessun'altra persona riusciamo a essere disonesti come con noi stessi, Gianfranco si diceva sicuro di non amare piú Caterina, ma pretendeva da lei delle «precisazioni». Si può esigere molto, in amore: dedizione, passione, sopportazione dei difetti, addirittura fedeltà, ma le «precisazioni» non sono reclamabili.

Gianfranco comprò della squallida pizza al taglio, dopo aver guardato con voluttà un calzone ai funghi che, come gran parte dei suoi desideri, non aveva il coraggio di concedersi. Non riusciva neanche a concentrarsi sul lavoro, quel giorno: la sua vita privata, che era sempre stata il tranquillo cortile interno di un caseggiato popolare, si era trasformata nei vicoli di una casba senza vie d'uscita.

È in momenti come questi che ci convinciamo di dover agire, ci prende la frenesia di non farla passare liscia alla sorte, abbiamo l'impressione che restarcene con le mani in mano rappresenti un errore madornale. Certe volte, rimanere fermi è molto piú difficile che agitarsi: l'essere umano, ciclicamente, ha il bisogno fisiologico di fare una cretinata.

Gianfranco si convinse che la partita con Caterina non fosse ancora definitivamente chiusa: c'era un sassolino che impediva all'avvolgibile del loro amore di scendere e salire in maniera scorrevole, bastava rimuoverlo e tutto sarebbe tornato come prima.

Ancora una volta si presentò in negozio e, sapendo di non poter piú usare l'intimità con Caterina come passaporto per accedere al suo laboratorio, si rivolse a Carla. Lei lo squadrò senza dire una parola, poi girò sui tacchi e andò a riferire.

– Di là c'è Gianfranco, – disse, e s'impegnò perché il suo tono non suggerisse il minimo sospetto di simpatia verso quell'uomo. Caterina era immersa nei suoi pensieri, quella notizia l'afferrò per il bavero e la scaraventò lontano. Fissava imbambolata Carla, come se si fosse svegliata in quel momento.

– Fallo entrare.

Carla obbedí, preoccupandosi di dimenticare aperta la porta a soffietto del laboratorio.

– Ciao, – fu il debutto dell'uomo, un preludio che faceva intendere quanto non avesse nulla da dire.

– Ciao, – rispose Caterina, decisa a non aiutarlo affatto. Lui si guardò la punta delle scarpe.

– Non abbiamo finito il discorso che stavamo facendo l'altro giorno... – Gianfranco parlava lentamente, non era facile capire se si trattava di pacatezza o d'imbarazzo.

– A me sembra di sí –. Il discorso interrotto cui alludeva il suo ex, lo ricordava bene, l'aveva inchiodata a una credenza contro la sua volontà.

– Sei crudele, – continuò Gianfranco, – mi hai messo da parte senza darmi la minima possibilità di... di... – Di cosa, non lo sapeva con esattezza neanche lui.

– Io non ti amo, perdonami.

Questo genere d'affermazione non è mai completamente credibile per chi la riceve, a meno che non venga sorretta da un'altra, decisiva e inconfutabile.

– Ne sei davvero sicura? – disse Gianfranco, che ormai insisteva solo per non doversi rimproverare in futuro di non averlo fatto.

– Amo un altro.

Eccola l'affermazione decisiva e inconfutabile. Qualcosa cadde di schianto, dentro Gianfranco, un lampadario che rompe il gancio e viene giú.

– Dovevo aspettarmelo.

Dopo un attimo di sbigottimento, Giancarlo iniziò il processo di distorsione di quanto gli era stato detto. Aveva un bisogno disperato di distribuire delle colpe: a se stesso, per essere stato tanto ingenuo e aver lasciato la Colt nella fondina troppo spesso, e a Caterina, che solo ora scopriva essere una sorta di moderna Milady.

– Mi hai ingannato... chissà da quanto avevi in piedi questa relazione... – biascicò Gianfranco, che nella sua mente, un piccolo appezzamento di terra circondato da uno steccato molto alto, aveva già archiviato Caterina nello schedario delle donne inaffidabili e un po' puttane.

– Io non ti ho mai ingannato e non ho nessuna relazione.

– Vuoi darmi a bere che ti sei innamorata ieri pomeriggio? La nostra storia è finita da poco, da niente... e tu stai già con un altro... sono un cretino, ho perso tutto questo tempo con una come te... – Gianfranco era pieno di disprezzo, un piccolo predatore ferito che mostra i denti rintanato nel cespuglio del suo rancore. La meschinità: ecco una delle poche cose al mondo che viene sempre elargita in maniera gratuita.

– Vattene dal mio negozio –. Caterina non aveva piú nulla da dire al tizio che le stava di fronte e che per un paio d'anni aveva chiamato «tesoro». Gianfranco, però, come il dottor Frankenstein, aveva già cominciato a lavorare alla costruzione del suo mostro, la creatura superficiale e infedele che l'aveva tradito e abbandonato, senza il minimo scrupolo.

– Me ne andrò quando ne avrò voglia.

Qualche ora dopo, Gianfranco avrebbe provato vergogna per quell'atteggiamento da bullo di periferia. Al momento, però, la rabbia che provava gli impediva di padroneggiare la propria grettezza.

– Ti prego di uscire –. Caterina non poteva credere che quell'uomo, al cui fianco s'era distesa tante volte, per cui aveva cucinato, che aveva curato quando aveva la febbre (gli bastava un tranquillo trentasette e due per andare in deliquio), insomma, che quella persona a cui aveva voluto e ancora voleva bene fosse davvero cosí. Gianfranco rimase immobile, con le braccia incrociate nel segno di una sfida assurda e ridicola.

Caterina allora si sedette, dando le spalle all'invasore, e riprese a lavorare: afferrò il sac à poche e si mise a decorare una torta. Gianfranco non perse tempo a ragionare, si avvicinò e le posò una mano sulla spalla. Sentí sotto le dita la spallina del reggiseno e un pungolo infuocato gli trafisse il petto.

– Gianfranco! – urlò Caterina, e per un istante tutto si fermò, anche le automobili che passavano per strada. Poi, un vortice. Carla e Shu entrarono nel laboratorio, agguantarono Gianfranco, che restò sbalordito e inerte, e lo trasportarono di peso fuori dalla pasticceria.

Il vice commissario non reagí in nessun modo, non riuscí a muovere un solo muscolo. Si ritrovò sul marciapiede senza aver capito come diavolo ci fosse arrivato. Rimase lí, svuotato, si guardò un po' intorno e poi s'incamminò verso il nulla.

Non c'è molto da fare contro il senso d'infelicità che si prova quando ci si risveglia da un sonnellino pomeridiano. Caterina s'era distesa sul letto «giusto un momento», poi il desiderio di non esserci, anche solo per qualche minuto, aveva preso il sopravvento e s'era addormentata. Aveva faticato a risvegliarsi e ora stentava a rientrare nella realtà, non riusciva piú a ritrovare l'ingresso principale. Andava sempre meno in pasticceria: quella che era stata una passione, prima ancora che un mestiere, la stava abbandonando a poco a poco, come l'interesse per molte cose che le erano andate a genio durante quegli ultimi anni. Si sciacquò il viso con l'acqua fredda e andò a prepararsi un caffè. In cucina Vittorio, con ancora indosso il pigiama, mangiava tenendo la testa infilata nel frigorifero. Per un po' non parlarono, entrambi stavano franando sui lati opposti della stessa collina senza potersi aiutare in nessun modo.

– Non mangiare la pasta e fagioli fredda... se aspetti un minuto te la riscaldo, – disse poi Caterina, il cui senso del dovere entrava in funzione automaticamente, qualunque fosse l'angoscia che la opprimeva.

– No, grazie, ho lo stomaco sprangato, non va giú uno spillo... – rispose lui, che nonostante la chiusura delle frontiere gastriche era riuscito a far passare dei clandestini: tre polpette al sugo, un pezzo di caciotta e un paio di fette di prosciutto.

– Preparo del caffè. Ne vuoi? – chiese Caterina.

– Caffè, sí. Senti, c'è una cosa che devo dirti...

Ecco un preludio che si usa solo quando bisogna confessare qualcosa di sgradevole. In qualsiasi altro caso si entra subito in argomento. Caterina interruppe la preparazione e guardò il fratello.

– Anni fa... ho già avuto qualche problema... qualche problema con il tribunale, intendo... una piccola condanna, ero piú giovane, attraversavo un momento di difficoltà...

Caterina fece l'errore di credere che Vittorio volesse semplicemente liberarsi la coscienza da un peso.

– Capisco... adesso non ci pensare...

– E come faccio? Ti rendi conto di cosa significa? – Caterina lo fissò interrogativa. No, non si rendeva conto.

– Che ho perso i benefici della condizionale. Se mi condannano ancora, stavolta vado dentro sul serio.

Adesso era tutto chiaro. Come quella di Goldstrike per l'oro, il fratello era una gigantesca miniera di preoccupazioni, inesauribile finché avesse avuto un anelito di vita.

Vendere la pasticceria, quindi. Doveva farlo presto.

– Non voglio che quello che ti ho detto influenzi il tuo comportamento in nessun modo, – specificò Vittorio, e veniva da chiedersi perché mai allora glielo avesse detto. Susanna era evaporata, aveva calato la scialuppa in mare con una velocità che nessuno avrebbe mai immaginato, in una creatura dalle forme tanto monumentali. A Caterina non rimaneva che contare solo su se stessa, sul proprio coraggio indurito dal frequente impiego.

Uscí di casa per raggiungere la pasticceria, passando apposta davanti alla tabaccheria del signor Guidotti. Quella pastura fece uscire la vecchia cernia dalla sua tana: pochi minuti dopo, il tabaccaio si presentò al cospetto delle commesse. Superato il servizio di sicurezza, si trovò di nuovo davanti a quella merce al di sopra dei suoi mezzi. Per un attimo la guardò come un bambino guarda lo zio travestito da Babbo Natale, con lo stesso stupore ammirato. Poi tornò in sé, e non era certo il rincasare in una reggia.

– Cara Caterina...

– Ho bisogno di centomila euro, – disse lei con una voce da risponditore telefonico automatico. Ernesto inarcò un sopracciglio, la sola parte del suo corpo che seppe accennare una reazione.

– Ho bisogno di centomila euro, – ripeté Caterina, e questa volta le sue parole erano piene di stanchezza.

– Ma... ti ho già detto che la tua pasticceria non vale quel prezzo... io non posso fare della beneficenza...

– Verrò a letto con te.

L'enormità di quella frase fu un flash che rischiarò di una luce violenta il piccolo laboratorio. A Ernesto Guidotti, tabaccaio, figlio di Guido, impiegato di banca, e Rossella, casalinga, parve di non aver capito.

– Cosa hai detto?

– Hai sentito bene. Sempre che tu sia d'accordo, naturalmente...

Il volto di Ernesto fu pervaso da un'espressione grave, che lo trasfigurò. Sembrava indignato, a giudicare dal movimento compulsivo delle sue narici.

– Quante volte? – s'informò l'uomo, cancellando di colpo ogni sospetto su una sua presunta, inossidabile integrità.

– Per un mese, due volte la settimana, – improvvisò Caterina in preda alla nausea.

– Sei mesi! – rilanciò Ernesto con la bocca secca. L'idea di possedere quella donna nel senso piú volgare e meraviglioso del termine lo stordiva. Pagarla e avere poi il diritto contrattuale di toccarla ovunque, senza dover temere un rifiuto, lo turbava e lo faceva trepidare.

– Tre mesi, non un giorno in piú.

Lo squallore di quella trattativa colò fuori dal laboratorio, traboccò dal negozio, riempí le strade del quartiere e infine l'intera città. Caterina trattenne a stento un conato.

– Faccio preparare il compromesso, – disse Ernesto e uscí rapido dalla pasticceria, a passetti brevi.

Caterina tremava, si sedette con la testa tra le mani e cominciò a piangere.

La vita le apparve d'un tratto una cosa misera, un gioco crudele, come quando un gruppo di ragazzini se la prende con un compagno piú debole e lo sfotte, lo tormenta. Non osava nemmeno immaginare cosa sarebbe accaduto di lí a qualche giorno, in una stanza che non conosceva, con le tapparelle chiuse. La consapevolezza di salvare Vittorio avrebbe dovuto sostenerla, ma in quel momento lo schifo era l'unico impulso che provava.

Carla e Shu stavano in prima linea dietro il grande bancone trasparente, servivano una donna anziana che aveva ordinato un piccolo rinfresco per la comunione del nipote. Sentirono distintamente i singhiozzi arrivare dal laboratorio e s'immobilizzarono, prima di simulare normalità, come capita a tutti in certe circostanze.

Quando la cliente fu uscita, non prima di aver buttato un occhio verso il retrobottega e passato al marito i vassoi appena confezionati, le due commesse, come una sola donna, raggiunsero Caterina d'un balzo. La trovarono con la testa poggiata sul piano di lavoro, sfinita dall'angoscia. Carla restò in piedi, ancorata al suo fianco, mentre Shu si chinò ad abbracciarla, senza dire una sola parola. Loro due c'erano.

Tornata a casa, Caterina fissò a lungo la radio senza trovare la forza di accenderla. Poi pensò che Antonio si sarebbe preoccupato e magari avrebbe fatto un'irruzione delle sue in un momento sbagliato, quando era presente Vittorio, che invece adesso stava guardandosi buono buono una partita in televisione. Cosí aprí il portale che permetteva alla voce di venire a trovarla.

Antonio sembrava di buon umore e questo aumentò di una mezza tonnellata il peso che lei sentiva sul cuore. Pensò che era gentile, generoso, appassionato e tutto quello che ci sembra essere l'individuo del quale siamo innamorati. Parlarono di niente, come succede quando si sta bene con una persona e non c'è bisogno di grandi discorsi.

Vittorio intanto smoccolava come un turco, in soggiorno, la partita non stava prendendo la piega che voleva.

– Ti piacerei ancora se facessi una cosa brutta? – A volte ci esprimiamo come dei bambini, quando siamo in imbarazzo.

– Tu non potresti mai fare una cosa brutta.

– Lo credi veramente?

– Se tu dovessi fare una cosa brutta, la faresti diventare bella.

Caterina sentí la commozione crescerle dentro e dovette deglutire, per impedire alle lacrime di metterla in difficoltà.

– È successo qualcosa o è successo qualcosa che non devo sapere? – Antonio era incorporeo ma non stupido.

Caterina, dal canto suo, non aveva intenzione di dire nulla né di mentire.

– Adesso non voglio parlartene. Te la senti di accettare una risposta di questo genere?

– Sí, credo di sí. Credo di essere in grado di accettare anche cose molto peggiori, da te. Sarà per via di questa storia che ti amo...

Caterina sentiva la sua anima shakerata e capí di non poter piú portare avanti quella conversazione.

– Non sto in piedi, scusami... buonanotte, amore mio, – sussurrò alla radio.

Carla e Shu erano preoccupate.

Non ne parlavano mai, si limitavano a guardarsi, di tanto in tanto, mentre confezionavano i dolci.

Quel pomeriggio fu Carla a introdurre l'argomento. Non entravano clienti da piú di mezz'ora e fuori dalle vetrine anche la città sembrava un videogioco in modalità d'attesa.

– Caterina non sta bene, – se ne uscí la commessa piú anziana.

– So questo, – rispose Shu, come se parlasse a se stessa.

Seguí un silenzio di un paio di minuti. Seguivano entrambe i loro pensieri, che avevano un comun denominatore.

– Come possiamo aiutarla? – riprese Carla, per sua natura portata ad aggiustare il rubinetto che perde, piú che a filosofare su quanto sia dannoso sprecare l'acqua.

– Io questo non so.

– È sfortunata, poverina, è sfortunata… – Carla condensò in quel concetto proletario ciò che in un salotto con qualche pretesa intellettuale sarebbe stato definito *karma*.

Entrò una giovane donna e Shu le preparò in pochi secondi un gran bell'incarto di pasticcini. Carla avrebbe dovuto festeggiare la vendita inconsueta dei suoi pupilli, ma non era nello stato d'animo giusto.

– Noi vediamo… Vediamo che succede. Se succede cosa buona, se succede cosa male. Poi capiamo noi come fare.

Shu suggeriva insomma di temporeggiare: una strategia che, come il tacco dodici, non passa mai di moda.

– Mentre noi capiamo, lei sta male, – disse Carla.

Un uomo sui cinquanta, con un completo gessato inadatto a qualsiasi occasione, entrò nel negozio e rimase ad aspettare a lungo che qualcuno si occupasse di lui.

– Non corri, non fretta fretta. Io vedo dolore, ma vedo anche felicità, – sentenziò l'oracolo di Nanchino.

– Forse dovrebbe andare via, allontanarsi da certe situazioni. Almeno per un po'... – rifletté Carla.

– Lei andare via da tutto. Per sempre. Credo risolve. Cosí credo risolve.

– Se ci fosse un modo... – sospirò Carla, e il bisogno d'illudersi era quasi tangibile, un gatto che passava tra le gambe per farsi carezzare.

– C'è quasi sempre modo. Quasi sempre.

Il tale in abito gessato continuava a indicare una crostata di more, e finalmente venne servito. Quando l'uomo e la crostata superarono la porta, le due commesse fecero un breve censimento delle torte rimaste.

– Due Saint Honoré, una Sacher e tre Mimose... tutto qui. Per domani hanno ordinato un Profiterole per venti persone. Bisognerà avvertire il cliente, non credo che Caterina si farà vedere... – Il bollettino di guerra di Carla aveva elencato feriti e dispersi.

– Aiutare Caterina, adesso sí... aiutare Caterina! – squillò Shu e si diresse verso il laboratorio.

– Che hai in mente?

– Fare Profiterole.

Alle orecchie di Carla, la cosa suonò come una mezza bestemmia, un sacrilegio intollerabile. Solo il parroco poteva celebrare e amministrare i sacramenti, non un semplice chierichetto. Shu però non si perse d'animo, reclutò tutti i bignè disponibili, preparò la crema chantilly e gliela siringò dentro, poi montò la panna e cominciò a squagliare il cioccolato fondente. Carla all'inizio rimase inebetita, un enorme fermacarte umano. Poi si scosse e anche lei si diede da fare, decisa a rendersi utile. Shu procedeva sicura, come se non avesse mai fatto altro: era brava, os-

servare Caterina al lavoro le aveva consentito di svilup-
pare un talento che nessuno avrebbe potuto sospettare.

Quando ebbe finito, Carla la guardò come fosse un alie-
no appena sceso dall'astronave, con sbigottimento e un minimo di timore. Shu battezzò i bignè nel cioccolato nero,
poi li assemblò in una piramide e la guarní con la panna
montata. Quello era un Profiterole, non c'erano dubbi.

– È bello, – fu il commento laconico e leggermente
commosso di Carla. Shu ringraziò con un sorriso e andò a
deporre la sua creazione nella vetrina refrigerata. Da quel
momento e per sempre, il rapporto tra le due donne cambiò.

– Io credo cosí aiutato lei, – disse Shu, con il suo curioso linguaggio che ricordava quello di Tarzan nei film
degli anni Trenta.

– Lo credo anch'io. Per il resto, mi sembra che possiamo fare ben poco.

– Finisce bene. Io so finisce bene.

Come succede a noi tutti quando ci troviamo di fronte a un ottimismo assoluto e del tutto immotivato, anche
Carla si sentí rasserenata.

Comunque, se la vera solitudine è quando nessuno pensa a noi, quello non era certo un problema di Caterina.

Una logora poltrona in tessuto grigio: questo era il trespolo sul quale si appollaiava Gianfranco immerso in meditazioni tenebrose.

Non riusciva a liberare la mente dal pensiero di lei: quella rimozione forzata appariva indispensabile ma non sembravano esserci carri attrezzi in grado di effettuarla.

Il cervello del vice commissario fermentava da giorni, il dolore per l'abbandono s'era incrostato in maniera pericolosa intorno al suo cuore. La fine di quell'amore stava diventando un'idea fissa che somigliava sempre piú a un'ossessione. Non aveva reagito al lutto, gli anticorpi sentimentali che avrebbero dovuto tirarlo fuori da quella situazione avevano smesso di combattere.

Non sapeva come fare per andare avanti.

Dentro di sé, sentiva che non avrebbe piú potuto riconquistare la fortezza che aveva perduto. Nella sua anima intossicata si stava facendo largo il pensiero che allora, forse, quella fortezza era meglio distruggerla.

Aveva preso un periodo di aspettativa dal lavoro per motivi di salute e in qualche modo non aveva mentito, perché era vittima di un malessere vero, concreto, indiscutibile.

Lei lo aveva tradito, lasciato, ignorato, inaridito, trasformato in un cespuglio di sterpi. E adesso lui, dopo l'indigestione di sconforto di quei giorni, non riusciva neanche piú ad alzarsi dalla poltrona, l'anima gli era diventata di piombo e lo aveva imbullonato allo schienale.

Un uomo tranquillo ed equilibrato non sempre rappresenta un cavallo sicuro sul quale puntare con la certezza che si piazzerà. La storia c'insegna che non esistono transatlantici inaffondabili, caveaux di banca inespugnabili e vice commissari incrollabili.

Il cuore di Gianfranco era diventato una brughiera nebbiosa dove orizzontarsi sembrava impossibile e perdersi la soluzione piú probabile. Non aveva amici con cui confidarsi, se affrontava l'argomento con qualche collega riceveva in risposta frasi di circostanza o consigli sbrigativi, tra i quali il piú profondo e risolutivo era «Non ci pensare».

Se avesse fatto qualcosa, forse, il dolore sarebbe passato.

Aveva cercato di uscire spesso, aveva visto qualche concerto ed era addirittura andato a letto con una sua collaboratrice, un'agente che in commissariato avevano soprannominato «l'Infermiera» per la vocazione dimostrata nel soccorrere gli infelici. Insomma, le aveva tentate un po' tutte, ma alla fine di ogni esperienza trovava sempre il ricordo di Caterina ad attenderlo.

Doveva fare qualcos'altro per togliersela dalla testa: le strade abituali, le comode quattro corsie che tutti tentiamo di percorrere quando c'è qualcosa che non va nella nostra vita ormai non bastavano piú, non lo portavano da nessuna parte.

Lentamente, ottusamente, indistintamente, qualcosa si faceva largo nei suoi ragionamenti indolenziti, si trattava di germi difficili da identificare, piccoli semi portati dal vento che cadono su un bel prato all'inglese e lo imbastardiscono con rapidità.

Se Caterina non ci fosse piú stata, se fosse partita per l'Australia o una malattia fulminante se la fosse portata via, tutto si sarebbe risolto. Si trattava di eventualità remote, del tutto casuali e fuori dal suo controllo, certo.

Forse però, ragionandoci un poco sopra, c'era un'azione che lui poteva compiere per liberarsi da quel tormento, per ritrovare la pace senza la quale non riusciva piú a vivere.

Non osava spingersi oltre con le sue elucubrazioni, affacciarsi a quel burrone gli procurava le vertigini.

Aveva pedinato un paio di volte la sua ex, questo sí, poi s'era appostato sotto casa sua per un'intera settimana, nascosto dentro un'automobile presa a nolo. Non aveva scoperto niente, capito niente, decifrato niente. Era riuscito soltanto a foraggiare la sua sofferenza.

Ora se ne stava seduto sulla sua poltrona e cercava di ritrovare qualcosa che gli era caduto dentro la melma, nel pantano che era diventata la sua immaginazione. A un tratto, gli parve di aver trovato un oggetto. Aveva una canna metallica e un'impugnatura, cosí almeno gli sembrò.

– Cosa faresti, se adesso fossimo insieme?

Caterina era distesa sul divano, in vestaglia.

– Ti stordirei con una raffica di banalità: ti direi quanto sei bella, ti porterei a mangiare in una trattoria di campagna, ti comprerei qualcosa che ti faccia sorridere. Poi porteremmo a spasso il cane...

– Avremmo un cane? – si sorprese Caterina.

– Sí, il nostro. Però obbedirebbe solo a te, ne sono sicuro...

– Come fai a dirlo?

– Perché anch'io ho lo stesso istinto... – Caterina rise, poi i due amanti furono separati dal silenzio. Un dolore soffice, lieve come polline, scese tra loro. La coscienza di tutto quello che avrebbe potuto essere e non sarebbe mai stato.

– Quante sciocchezze, eh! – La voce tentò di rianimare la conversazione ma non sarebbero bastati cento defibrillatori.

– Non sono sciocchezze, – disse Caterina, che stava proprio pensando a cosa avrebbe provato nel tenere la mano di Antonio tra le sue, tornando a casa in tram una sera d'autunno.

– Sarebbe stato meglio che non ci fossimo mai conosciuti. Per te, naturalmente –. L'allegria posticcia della voce aveva lasciato il campo alla tristezza.

– Beh, la colpa è tua. Io non sapevo neanche che esistessi –. La pasticciera era rimasta ferita da quell'ultima frase, da quella sua saggezza improvvisa cosí fuori luogo e irritante.

– No, non è vero, – riprese Antonio, – perdonami... ho detto una scemenza, non è quello che penso. So bene che soffrirò, che un giorno finirà tutto e le mie ore si sgretoleranno e non ci sarà piú niente da fare al mondo. So che anche tu soffrirai, ma tutto questo non poteva essere evitato. Qualsiasi supplizio è poca cosa, se messo a confronto con il non averti mai conosciuto.

– Antonio...

Il vento, fuori dalla finestra, faceva rumore soffiando tra le cime degli alberi.

– Adesso è meglio che io me ne vada, – disse la voce.

– Perché?

– Perché non credo d'essere in grado di continuare. Ho bisogno di calmarmi, di tornare ad accettare lo stato delle cose...

L'apparecchio radiofonico cominciò a gracchiare, poi tacque.

Caterina rimase sola e in preda a un senso di rabbia selvaggia verso tutti i fatalismi, tutte le acquiescenze che da millenni rovinano i destini di miliardi di esseri umani.

Antonio viveva in un'altra dimensione, nel tempo oppure nello spazio, Caterina non lo sapeva. Non le interessava, non aveva importanza. Prima o poi qualcosa sarebbe cambiato e avrebbero trovato il modo d'incontrarsi. Doveva essere cosí, lei voleva che fosse cosí. Magari tra vent'anni, ma sarebbe stato cosí.

Ebbe un sobbalzo, perché qualcuno stava picchiettandole il dito su una spalla. Giulia, a cui Vittorio doveva aver aperto la porta.

– Oggi non credo che potrai parlarci, tesoro. Non è dell'umore giusto...

Giulia non ebbe reazioni evidenti, andò a sedersi vicino alla radio in cucina, con le cuffiette nelle orecchie. Un'altra indifferenza transitò allora davanti a Caterina, quella di Vittorio, anche lui in cammino verso la cucina per la solita perlustrazione del frigo.

– Dovremmo concludere a giorni... – gli disse Caterina mentre passava.

– Cosa? – cadde dalle nuvole lui.

– La vendita. Ernesto... sta preparando i documenti...

– Grazie, – e nella riconoscenza del fratello c'era uno sfinimento, una debolezza che la commosse.

– Susanna? Non s'è piú fatta sentire? – gli chiese, cercando di cancellare dal suo tono qualsiasi parvenza di giudizio o di pessimismo.

– No... è una storia finita –. Nel dirlo, Vittorio sembrava confessare di soffrire d'un male incurabile. La sorella lo tirò a sé e lo abbracciò, un gesto che rappresentava la sola risposta possibile. Il resto erano frasi fatte su porte che si chiudono e portoni che si spalancano.

Vittorio fece la sua capatina in cucina e tornò in camera, e Caterina se ne restò lí, sul divano, a pensare che non aveva idea di come uscire dal cunicolo nel quale, suo malgrado, era entrata. Aveva perso il privilegio di *non* sapere come sarebbe andata a finire.

Si addormentò senza accorgersene. Quando si svegliò erano le quattro e venti del mattino. Annebbiata dal sonno cercò Giulia, poi realizzò che doveva essersene andata ore prima senza svegliarla, per delicatezza. Guardò fuori dalla finestra della cucina, tutto era fermo. Accese la radio. Il volume era basso, le note della canzone la raggiunsero sommesse, raccontavano la storia di un uomo che girava da solo per la città, di notte, aspettando la donna di cui era innamorato e che, ormai lo aveva capito, non sarebbe piú arrivata.

– Ciao. Sono felice che non dormi.

– Beh, non è carino da parte tua –. Era un rimprovero di pan di Spagna, morbido e intriso di dolcezza.

– Invece sí. Sono sveglio e sono contento che lo sia anche tu. Mi piace avere delle cose in comune con te. Mi piacerebbe addirittura avere una colica biliare, se l'avessimo insieme.

– Ecco, quella magari te la lascio volentieri... – Simulare un certo distacco quando il cuore avvampa, ecco una prerogativa femminile.

– Sentire la tua voce a quest'ora... una meraviglia inaspettata... avrei voglia di cantare a squarciagola...

– E perché non lo fai?

– L'ultima volta che ho cantato sotto la doccia è andata via l'acqua.

Risero piano, per non fare rumore.

– Adesso basta, a letto... – Ad Antonio piacque quel tono da mammina, c'era dentro qualcosa di tenero e di sensuale.

– Dovrei dirti «dormi bene»?

– Se desideri che io dorma bene, sí.

– Quello che desidero ha davvero questo potere, su di te? – domandò Antonio, con tutta la premeditazione di cui fu capace.

– Ho paura di sí.

– Allora dormi bene. Prima, però, spero di mancarti come l'onestà a un assessore. Io ti penserò per ore, contorcendomi come un capitone.

Quando spense la radio, Caterina pensò che Antonio era l'uomo perfetto, e infatti probabilmente non esisteva.

Durante le successive quarantotto ore, tutti gli O.K. Corral, le Roncisvalle e le Termopili del mondo attendevano Caterina.

Arrivò al negozio poco dopo l'apertura e trovò ad attenderla un tizio grassoccio, con i capelli a spazzola neri, chiuso in un impermeabile blu.

– Sono Garzoli, – le disse, lasciandola interdetta. L'uomo ripeté il suo nome, convinto che bastasse quello a spiegare tutto, a far capire chi era e cosa ci si doveva aspettare da lui. Diceva «Garzoli» come dicesse «Leonardo da Vinci».

– Cosa posso fare per lei?

– Mi manda il signor Guidotti... per quell'accordo...

Caterina arrossí violentemente, pensando che il suo interlocutore fosse a conoscenza di quella certa postilla.

– La cessione della pasticceria... – sondò cauta.

– Sí... mi ha incaricato di mostrarle l'atto per la compravendita –. Ernesto aveva mandato come messaggero d'amore il suo commercialista, un gesto che evidenziava la sua inclinazione al romanticismo. Caterina prese in mano i fogli che Garzoli le porgeva e lesse con frenesia, cercando di scoprire eventuali riferimenti al patto scellerato. Non ne trovò e riprese colorito.

– Va bene... dica al signor Guidotti che farò vedere le carte al mio avvocato... – Aveva davvero un avvocato? No, ma esibirne uno, benché immaginario, è un espediente cui si fa spesso ricorso, in questo Paese.

– Mi ha pregato di dirle che passerà a trovarla domani,

nel tardo pomeriggio –. *Lente, lente currite, noctis equi*: Caterina si augurò che le ore, quel giorno, procedessero con il freno a mano tirato. Entrò nel laboratorio e si sedette davanti a una Saint Honoré che non aveva finito di guarnire: la sua incompiuta. La fissava senza vederla.

– No vendere negozio, – disse Shu alle sue spalle.

– Lo devo fare. Per Vittorio, – spiegò Caterina.

– No vendere Ernesto, – tentò almeno di ottenere Shu.

– È l'unico in grado di comprarlo.

Shu allora cominciò a parlare in cinese, come le succedeva sempre quando era eccitata. Caterina la guardava in silenzio: considerando tutte le cose assurde che le stavano capitando, era disposta anche ad ascoltare una signorina che pronunciava parole per lei incomprensibili.

Alla fine di un'inspiegabile orazione durata vari minuti, la commessa fece una carezza alla sua principale e uscí dalla pasticceria.

Adesso Caterina era sola. Ripensò al padre, a quando da bambina andava a trovarlo mentre lavorava, in mezzo a tutta quella tecnologia misteriosa. Il ricordo delle persone care che non ci sono piú è un conforto per molti, nei momenti difficili. L'idea che loro sappiano già quello che dovrà accadere e che ci proteggano è una frottola che tutti gli uomini si raccontano, davanti a un aperitivo sul roof garden di un grattacielo o mentre lanciano una zagaglia contro un facocero, in piena foresta.

– Volevo solo salutarla, cara signora… – il signor Augusto, timido fino a rendersi impercettibile, era a due passi da lei.

– Come sta? – sorrise Caterina.

– Bene. Ora bene.

– Mi fa tanto piacere, – disse la pasticciera e le si leggeva in faccia che era vero. Poi girò intorno al bancone e prese dalla vetrina un pasticcino al cioccolato, bello come un capitano dei Dragoni. Lo porse al signor Augusto, che non mosse un muscolo.

– È per lei, lo prenda, – lo invitò Caterina. L'anziano non sapeva cosa pensare: una trappola o una prova da superare?

– Non posso... – rispose, mentre la sua volontà s'incrinava.

– Lo so. Solo questo. Uno non può farle male.

Non era una donna a parlare ma la ninfa dei biscotti, questo parve al pensionato.

– Uno... non fa male... – ripeté Augusto. Poi allungò la mano e afferrò il pasticcino, lo fissò per un momento e l'infilò in bocca. Masticò adagio, lo pasteggiò, l'assaporò, impiegandoci il tempo che, da giovane, gli ci sarebbe voluto per consumare un pasto completo. Il suo volto era serio, concentrato, ma gli occhi ridevano.

– Buonissimo. Grazie.

– È stata una piccola vacanza, non l'inizio di un'abitudine.

– Certo, – convenne Augusto. Salutò con un gesto appena accennato e uscí dal negozio come c'era entrato, in sordina.

Di nuovo sola, Caterina si costrinse a immaginare nei minimi dettagli la visita di Ernesto l'indomani e fu presa dallo sconforto. La gravità della situazione le parve d'un tratto evidente e schiacciante. Mentre galleggiava in quei pensieri plumbei rientrò Shu. Con lei, c'era il signor Liang. Formavano un curioso tableau vivant, erano protesi verso di lei come gatti verso una lucertola assopita al sole.

– Che succede? – domandò Caterina in apprensione.

– No vendere Ernesto, – disse ancora una volta la ragazza.

– Devo farlo e alle sue condizioni. Non c'è piú tempo, ho bisogno di quei soldi per Vittorio, te l'ho detto.

– Compra Liang, – dichiarò Shu.

– Che vuoi dire?

– Lui compra per me. Lui dà te soldi soldi soldi come Ernesto, uguale. Io serve anche licenza, anche licenza...

Liang taceva e annuiva, un trailer della sua futura vita matrimoniale.

– Ma i soldi che mi dà Ernesto sono troppi… il negozio non vale quella cifra, anche con la licenza… – L'onestà di Caterina non sapeva starsene zitta.

– Tu non preoccupa, – continuò allora Shu, – Liang ha soldi… ristorante va bene bene bene… lui dà centomila…

– Io non so cosa dire, – farfugliò Caterina e, infatti, non aggiunse altro. Le due donne s'abbracciarono con gli occhi un po' umidi e si diedero appuntamento per la mattina seguente nello studio di un vecchio notaio: era un cliente fisso di Liang e gli aveva trovato un buco tra i suoi impegni. Non c'era neanche il tempo per le visure catastali, ma si fidavano talmente l'una dell'altra da fregarsene di certe formalità.

Caterina andò verso casa frastornata. Il suono del gong però era ancora lontano: quella ripresa sembrava non voler proprio finire.

Sotto il suo palazzo c'era Giulia.

– Forse può aiutarvi, – disse la ragazza.

– Chi?

– Domani andiamo a trovarlo…

Il notaio Capece aveva maturato un sereno disgusto nei confronti della professione che svolgeva da quarant'anni. Contratti e transazioni lo avvincevano come osservare una fila di formiche sul muro.

Ascoltare un notaio che legge un atto alle parti è sempre uno spettacolo, ma Capece riusciva a declamare un rogito notarile talmente in fretta da farla sembrare quasi un'impresa sportiva.

Quando Caterina, Shu e il signor Liang gli si sedettero davanti, Capece iniziò subito la giaculatoria oscura e affascinante, un rituale magico il cui effetto non era la trasformazione del metallo in oro ma il passaggio di proprietà di una piccola pasticceria. I tre ascoltarono stregati lo scilinguagnolo del notaio, fatto di commi e subparticelle.

– Grazie –. Caterina fu capace di dire solo questo, alla fine.

– È cosa bella, per noi e per te, – le rispose Shu, – tu fatto tanto per me...

– Io non ho fatto niente...

– Tu zitta. Noi in Cina diciamo: «Tutti hanno polmoni dentro di loro, tutti hanno stomaco, tutti hanno scheletro. Solo qualcuno ha cuore»...

Era il discorso piú lungo che Caterina le avesse sentito fare. Avrebbe voluto rispondere, ma un autoarticolato le si era messo di traverso nella gola. Prese tra le mani quelle della commessa, dell'amica, della sorella, e le strinse forte.

– Gentile signora Caterina... – disse allora il signor Liang, – anch'io voglio ringraziarla... senza di lei non avrei la mia felicità...

La grandinata di ringraziamenti era finita e la coppia salí in auto e si dileguò.

Caterina tornò a casa, dove Vittorio l'aspettava in preda a un'agitazione incontrollabile, come se qualcosa avesse potuto andare storto, l'ennesimo dispetto di un destino che, nel corso degli anni, gliene aveva fatti tanti.

– Allora? – domandò alla sorella. Lei gli porse l'assegno. Vittorio si mise a piangere e la strinse a sé.

– Domattina vai subito a restituire i soldi.

– Ci vado oggi pomeriggio.

Il grande viale era pieno di sole, nell'aria turbinavano il pulviscolo e i pollini di una primavera spietata, che mostrava il suo splendore senza il minimo riguardo verso chi, per le strade o nel chiuso di quattro pareti, stava combattendo contro la meschinità dei problemi quotidiani.

Caterina si sentiva svuotata e leggera, provava la strana sensazione di non esistere.

Giulia la raggiunse all'incrocio dove si erano accordate d'incontrarsi il giorno precedente. Caterina notò che aveva messo del lucidalabbra e lo prese come un piccolo, vermiglio segnale di vitalità.

– Andiamo, ci sta aspettando, – disse Giulia fissando il semaforo.

– Ma dove? Da chi dobbiamo andare?

Giulia le afferrò la mano e cominciò a camminare, portandosela dietro come un cavalluccio di legno legato a un filo. Passarono negozi, farmacie, bar, finché arrivarono a un palazzone di sei piani, senza intonaco, con balconi minuscoli.

– È qui, – sussurrò Giulia e si avvicinò a un portone, sempre trascinandosi dietro Caterina. Si addentrarono in un androne tetro e salirono tre rampe di scale, fino a una porta sulla quale non appariva nessuna targhetta. L'uscio era accostato, entrarono.

Intorno, la confusione sembrava essere l'unica specie vivente. Scatoloni di cartone ammonticchiati, abiti, scarpe, casse di libri, mobili posizionati a casaccio, perfino una cyclette: tutto ammassato in un unico lungo corridoio, sui cui lati si aprivano le stanze. Giulia fece cenno a Caterina di seguirla. In fondo, sulla destra, c'era un piccolo studio nel quale, dietro una scrivania che sembrava essere stata torturata dagli Apache, sedeva un tale calvo, sui cinquant'anni, con una barba che, per dimensioni e densità, dava l'impressione di voler compensare l'assenza di peli sulla parte superiore della testa. Indossava un pigiama nobilitato da una giacca da camera color granata. L'uomo fece cenno alle sue ospiti di venire avanti.

– Salve, – salutò il tale. Caterina non sapeva cosa fare e si limitò a rispondere al saluto.

– Lei è Caterina, professor Radić, – disse Giulia.

Tutto rimase immobile per qualche secondo.

– Venite, sedetevi –. L'accento straniero nell'eloquio del professore era appena percettibile. Quando Caterina e Giulia si furono accomodate, Radić cominciò a grattarsi la barba.

– Vorrà sapere che tipo di rapporto intrattengo con la sua giovane amica, immagino… – disse rivolto a Caterina. – Sono stato suo supplente a scuola… Giulia ha un'intelligenza profonda, lampante, a tratti fastidiosa… il suo malessere dipende solo da questo, non da altri fattori, mi creda… rispetto al mondo, Giulia ha dei problemi di natura digestiva. Mi ha molto parlato di lei… e del suo amico…

Caterina ebbe un sussulto e guardò l'adolescente, che non accennò nessuna reazione.

– So che avete dei problemi a incontrarvi… – continuò lui.

– Io non so cosa le abbia raccontato Giulia... – lo interruppe Caterina, molto a disagio.

– Mi ha raccontato, mi ha raccontato... Credo di sapere quello che le sta succedendo... è una cosa strana, certo, molto strana... non è però l'unico caso, se questo può confortarla...

Quasi nulla poteva confortare Caterina, in quel momento.

– Io sono un fisico... nel mio Paese insegnavo Fisica quantistica all'università... poi ho avuto qualche grana con la giustizia... spero che questo non sia un problema, per lei...

La fedina penale di Radić non meritava uno spazio espositivo importante, nel museo dei problemi di Caterina.

– Nel mio Paese c'è libertà e non ce n'è, se capisce quello che voglio dire... nel mio dipartimento, conducevo studi che erano guardati con diffidenza dal governo... e piú ottenevo risultati importanti piú venivo osteggiato... spero di spiegarmi...

L'unica risposta onesta sarebbe stata «no», ma Caterina voleva capire dove quel signore dall'aspetto tanto strano volesse condurla.

– La seguo, – rispose a bassa voce.

– Io lavoravo in un campo difficile, un campo brullo e pieno d'erbacce... l'unico, credo, per cui valga la pena di spezzarsi la schiena... la chiamano «scienza di confine», perché cerca di percorrere strade estreme, pericolose... le strade che ogni scienziato dovrebbe cercare di percorrere... mi spiego?

– Senz'altro, – trovò la forza di replicare Caterina. Radić accavallò le gambe e le due ospiti poterono ammirare le sue pantofole dorate.

– Avrà sentito parlare del Multiverso o quantomeno di dimensioni parallele... ecco, io sono andato oltre la teoria delle stringhe e quella delle bolle... sí, contenevano delle intuizioni esatte e illuminanti, ma mancava qualcosa, capisce?

Caterina tacque.

– Tutto può coesistere, vibrando a frequenze diverse, questo è ormai evidente… si tratta solo di riuscire a far scivolare le due realtà l'una dentro l'altra… – Il professor Radić aveva preso a seguire un ragionamento tutto suo, inaccessibile a chi si era occupato, fino a quel punto, di crostate e meringhe. Afferrò una bottiglia in cristallo non troppo pulita e ne versò il liquido nero dentro due bicchierini. Uno lo porse a Caterina.

– Cos'è?

– Nocino. Lo faccio io.

Bevvero, poi Radić riprese la sua affabulazione:

– In patria, ero ormai vicino a dei risultati molto concreti… purtroppo, mentre stavo ultimando il mio lavoro, amici cari che ho all'interno del Ministero mi hanno fatto sapere che, se non la smettevo, potevo passare dei guai seri… cosí sono venuto via…

– Mi dispiace, – disse Caterina, il cui spirito compartecipe rimaneva in funzione anche quando era confusa.

– Come si chiama il suo amico? – domandò il professore.

– Antonio, – rispose Caterina.

– Bene, – disse Radić, – accenda quella radio.

Su una libreria componibile da pochi euro, era parcheggiato un piccolo apparecchio radiofonico. Per un intero minuto non accadde nulla, nessuno parlò né accennò il minimo gesto. Poi Caterina si alzò dalla sedia e fece quello che le era stato richiesto.

– Cosa sta succedendo? – La voce di Antonio uscí nitida dall'amplificatore.

– L'importante è scoprire le frequenze, – fu il commento del professore. Caterina e Giulia erano inchiodate ai loro posti.

– Caterina, dove sei? Che succede? – Antonio aspettava spiegazioni che la sua amata non era in grado di dargli.

– Stia tranquillo, – intervenne Radić, – se le cose dovessero andare per il verso giusto, vedrà che anche per lei sarà un bel cambiamento…

Il professore, con indosso quella sua divisa non convenzionale, andò a togliere un lenzuolo nero da sopra un curioso macchinario sistemato in un angolo della stanza. Fece accomodare Caterina su una piccola poltrona di pelle e la pregò di tenere in ciascuna delle mani due frammenti di pietra scura, lavica. Poi accese qualche interruttore, alcuni led s'illuminarono.

Nelle successive tre ore, la corrente elettrica saltò sei volte, si udirono due grida di Antonio e quattro di Caterina. Il professor Radić imprecò una volta sola, Giulia non si mosse né aprí bocca per tutto il tempo.

Alla fine, il fisico si sedette su una vecchia poltrona e parlò da solo per dieci minuti buoni, in croato.

Mentre nello studio del professor Radić accadevano eventi arcani, due uomini facevano progetti sul futuro di Caterina. Il primo era Ernesto Guidotti, che si presentò in pasticceria con una scrittura privata nella tasca della giacca. Ansimava, anche se non aveva corso. Pensava a quello che sarebbe accaduto, da contratto, tra lui e quella bella donna che aveva desiderato tanto a lungo. Le avrebbe chiesto di firmare, poi le avrebbe consegnato un anticipo. Quella sera stessa aveva in mente di pretendere da Caterina il rispetto della clausola che proprio lei aveva suggerito. Carla gli aveva comunicato, con la cordialità di un alligatore, che la principale non c'era e che doveva ripassare, ma Ernesto l'aveva ascoltata appena, preso dall'eccitazione che lo portava a scodinzolare per il negozio in maniera oscena.

Trascorsero un paio d'ore, ma il signor Guidotti non si perse d'animo: aveva aspettato un anno, poteva continuare a farlo ancora per un po'. Nella sua testa scorrevano immagini laide, panorami di felicità mostruose che sobillavano il suo battito cardiaco e gli inumidivano le mani. La cavalcata animalesca dei suoi pensieri era ostacolata, di tanto in tanto, da brandelli di principî morali che tentavano di rianimare la sua coscienza, senza successo.

Mentre Ernesto usciva sconfitto da quella battaglia contro i propri istinti, anche Gianfranco era in attesa, nell'ingresso del palazzo della sua ex. Poggiato con le spalle al muro, in un incavo vicino all'ascensore, leggeva le scritte sulla parete scrostata, inneggianti a squadre di calcio e a vari organi del corpo femminile. Si sentiva stanco, il suo cervello era un televisore pieno di nebbia e fruscii. Spostò il peso del corpo da una gamba all'altra, poi si toccò e sentí l'ingombro della pistola nella tasca del giubbotto. Portò l'indice al grilletto e lo tenne lí. Caterina doveva rincasare.

Entrambi stavano aspettando una donna che non sarebbe tornata.

La scomparsa di Caterina suscitò sgomento in tutti quelli che la conoscevano. Come per ogni specie animale esistono delle sottospecie, cosí nello sbigottimento generale provocato da quella sparizione si potevano classificare almeno cinque o sei gruppi diversi.

Ernesto, all'inizio, pensò si trattasse di un espediente per non rispettare il loro patto. Proiettare la nostra miseria nel comportamento altrui è una mossa che funziona sempre. Con il passare dei giorni, si convinse che era scappata chissà dove, chissà con chi. Del resto, una donna che si offre per denaro non merita certo l'attenzione e il rimpianto di un uomo con un'attività commerciale avviata.

Gianfranco, dopo un primo repentino momento di smarrimento, fu infinitamente felice.

In un istante tutto il suo tormento era sparito. Lei non c'era piú, probabilmente l'avrebbero ritrovata in un fosso, la testa spaccata da un malintenzionato. Forse non era mai esistita. E lui non era mai stato nascosto nell'ombra con l'intenzione di scaricarle contro il caricatore della sua Beretta. Non volle occuparsi del caso e, a chi glielo chiedeva, rispondeva: «L'avevo lasciata mesi prima».

Stefania si rifiutava di parlare di quello che poteva essere successo alla sua amica, e se qualcuno toccava l'argomento si allontanava il piú velocemente possibile, a costo di sembrare scortese. Non ne parlò mai neanche con la figlia: che i morti seppelliscano i morti.

Susanna rimase di stucco quando il magistrato che aveva iniziato a frequentare, durante una cena in un ristorante del centro, le raccontò casualmente la storia di una pasticciera sparita in circostanze misteriose. – Dio mio... ma io la conosco! – esclamò burrosa, mentre il servitore dello Stato, sbirciando nella sua scollatura, appurava che la bionda indossava biancheria nera di pizzo. Rimase angosciata tutta la sera, il che non le impedí di andare a letto con il funzionario pubblico.

Carla e Shu svolsero ricerche a tappeto per tutto il quartiere, fecero domande a chiunque, negozianti e residenti, torchiarono Ernesto, tormentarono per settimane l'ispettore che conduceva le indagini. A turno, piangevano e imprecavano contro la sorte. Il signor Liang era sempre presente, il dispiacere per la scomparsa della sua benefattrice era legato a doppio filo alla preoccupazione di Shu che, con il passare dei giorni, si trasformava in angoscia e poi in disperazione. – Non le è successo niente di brutto, lo sento, – continuava a ripetere Carla, un po' per darsi forza un po' a causa di una sensazione strana, illogica, che la accompagnava.

Vittorio cadde in uno stato di prostrazione. Continuò a vivere agli arresti domiciliari, benché avesse restituito il malloppo e la denuncia fosse stata ritirata. Un vago senso di colpa s'era impadronito di lui, il dolore aveva dissipato i fumi della sua robusta ottusità e ora vedeva con chiarezza l'entità del sacrificio che aveva chiesto a sua sorella. Giurò a se stesso che sarebbe diventato un uomo migliore, ma non proprio subito, magari domani.

Quando seppe che Caterina era introvabile, il signor Augusto scoppiò a piangere. Era passato in pasticceria per salutarla, per ammirare ancora una volta la sua figura elegante e fiutare quel meraviglioso profumo di biscotti. Non riuscí a dire una parola, uscí dal negozio in lacrime.

L'unica persona che non sembrava avere reazioni di fronte a quell'evento cosí tragico e inatteso era Giulia, ma nessuno si sorprese della sua apatia, addebitata allo stato psicologico nel quale si trovava.

Trascorsero tre mesi: nonostante la scomparsa di Caterina, la vita di ognuno andò avanti, questa almeno è l'illusione di noi tutti quando la nostra esistenza arranca senza una direzione precisa.

Nel cielo sopra la pasticceria stava ferma una grossa nuvola nera, e non c'era tramontana che riuscisse a spazzarla via.

Vittorio non riusciva a finire il bagaglio. Si fosse trattato del baule di una soubrette negli anni Trenta, sarebbe stato un compito piú semplice e veloce. Apriva il vecchio borsone, metteva dentro una camicia, la tirava di nuovo fuori, piegava le mutande e le piazzava vicino ai calzini, poi lasciava tutto lí e prendeva a guardare vecchie foto della sorella, o si sedeva sul balcone, a contemplare un'umanità per niente interessata a lui.

Susanna non s'era piú fatta viva. Vittorio aveva atteso che accadesse qualcosa, che battesse un colpo, che dicesse una frase, soltanto una, fermandolo sul portone del palazzo in una serata di pioggia, mentre lui rientrava sovrappensiero.

Non era successo.

Allora aveva immaginato una telefonata nella quale lei gli chiedeva come stava, oppure un incontro in apparenza casuale dentro un bar, in realtà organizzato ad arte per rivederlo. Non era avvenuto nulla di simile. Susanna non lo aveva cercato neanche dopo la scomparsa di Caterina, quando avrebbe potuto farlo senza temere che un'affettuosa solidarietà fosse scambiata per qualcos'altro.

Vittorio aveva impiegato mesi a capire quello che molte persone estranee alla vicenda avevano intuito subito. Susanna lo aveva mollato, messo da parte, scartato, archiviato per sempre, non aveva nostalgia di lui piú di quanta ne avesse per il fondotinta che aveva finito la settimana prima. Pensava a Vittorio di frequente, con una piccola stretta al cuore? No. Il discorso finiva lí. Accettare la fine di quel rapporto prevedeva un lavoro lungo, Vittorio era un anaconda dalla digestione lentissima.

Aveva preso a passare, di tanto in tanto, per la pasticceria che era appartenuta alla sorella. Trovava Carla dietro al bancone e Shu nel laboratorio. Lo accoglievano con tutte le premure possibili, forse perché vedevano in lui un pezzetto di Caterina, qualcosa nel suo sguardo, forse, o nella punta del suo naso, il modo di muovere la testa quando era d'accordo o chissà che.

I dolci di Shu erano buoni. La stranezza può essere una dote, negli esseri umani come nelle torte. I clienti erano affascinati da lei e dai suoi capolavori, difficili da classificare ma deliziosi. Non erano Sacher né Mimose e neppure Tiramisú. «Vorrei quella», era la frase utilizzata piú di frequente da chi voleva una creazione di Shu.

Una mattina apparve Giulia all'interno della pasticceria, silenziosa e sfuggente come sempre.

– Vorrei parlarvi, – disse alle due donne.

– Che c'è, tesoro? Non preoccuparti, siamo tra noi… – rispose Carla.

– No, non qui… potete passare da Vittorio, dopo la chiusura?

Carla e Shu, nate in epoche diverse e in due angoli lontanissimi del pianeta, proclamarono dentro di loro all'unisono lo stato d'allerta. La dipendenza da qualche terribile droga, una gravidanza accidentale, le violenze di un bullo a scuola, queste le diapositive che proiettarono in un attimo nelle loro menti.

– Perché da Vittorio? – cercò d'indagare ancora Carla.

– Perché deve esserci anche lui… quello che voglio dirvi riguarda tutti. Lui l'ho già avvertito, ci aspetta –. L'adolescente fece per uscire, poi si fermò.

– Vieni anche tu, – disse rivolta al signor Liang che, dopo un breve stupore, fece segno di sí con il capo.

Appena Giulia se ne fu andata, si scatenò la ridda delle ipotesi. Era soprattutto Carla a proporne di nuove e apocalittiche, mentre Shu guardava fuori dalla pasticceria, impenetrabile.

Quella sera il terzetto prese la strada che portava alla casa di Caterina senza dire una parola. Il signor Liang premette il pulsante del citofono, nessuno rispose ma gli fu aperto. Come per un patto muto, non chiamarono l'ascensore ma cominciarono a salire le scale. Vittorio li aspettava davanti alla porta aperta, aveva la barba più lunga del solito e lo sguardo di un fante che si arrende al nemico dopo mesi di trincea.

Giulia arrivò dopo qualche minuto, esitante come un equilibrista sul filo. Nei suoi modi si leggeva la difficoltà di portare a termine il compito che si era assunta – una fatica talmente concreta da poter essere pesata e misurata – ma anche determinazione.

– Non di qua... andiamo in cucina, – disse la ragazza al suo modesto uditorio. Tutti la seguirono senza fiatare, anche se si trattava di una richiesta incomprensibile. Giulia si guardò intorno a lungo, prese aria a fatica un paio di volte, come se un peso le gravasse sul petto. Poi bevve un bicchiere d'acqua e iniziò a parlare.

– Quello che devo dirvi non potevo dirvelo prima. Lo so che siete stati male, che avete sofferto. Però lo avevo promesso. Spero che non ce l'abbiate con me...

Nessuno ci aveva ancora capito nulla.

– Adesso è passato del tempo, quello che lei riteneva necessario... quindi posso raccontarvi come sono andate le cose...

Prima di continuare il suo racconto, Giulia dovette prendere ancora una breve rincorsa.

– Non è morta. È solo andata via.

Quattro battiti cardiaci si fermarono per un attimo, mentre una bella signora invisibile, l'emozione, prendeva posto tra le persone sedute in quella cucina. Nessuno riuscí a racimolare la quantità di fiato necessaria per una domanda. Giulia bevve di nuovo e ripartí.

– Lei sta bene, però... sta bene.

– E... dov'è? – domandò Carla, che era la piú solida tra i presenti.

– Ve lo spiegherà lei stessa...

– Verrà qui? – Vittorio era tornato tra i vivi e aveva preso a muoversi di continuo sulla sedia, come se scottasse. Giulia, allora, passò in rassegna tutti quelli che stavano intorno al tavolo e per ognuno ebbe uno sguardo diverso. Poi si avvicinò alla radio e l'accese.

– Ciao a tutti.

A Carla crollò la mandibola inferiore. Shu portò le mani alla bocca, il signor Liang, al solito, le si avvicinò subito, preoccupato che lei si preoccupasse. Vittorio fissava la radio e non sapeva cosa pensare.

– Caterina... – riuscí solo a dire il fratello.

– Ciao Vittorio caro... ciao Shu, ciao Carla... grazie di essere venuto anche lei, Liang...

– Dove sei? – disse in un sibilo Carla.

– Sono qui... qui dentro... da un'altra parte, insomma... volevo salutarvi e dirvi che sto bene, che non mi è successo nulla di brutto... – La voce di Caterina era calma, serena, un po' rauca.

– Ma qui... dove? – insistette Carla.

– È difficile da spiegare e ancor piú da capire... esistono *altri posti*... posti che non sappiamo come raggiungere, ma dove possiamo stare bene, essere felici... per quello che è possibile... ecco, io sono in uno di questi posti... il mio posto...

– Ma dov'è questo posto? E quando torni? – Vittorio cominciava a riprendere coraggio.

– Non posso tornare... e non vorrei neppure... – In quella cucina, che aveva conosciuto profumi meravigliosi di crostate e ciambelloni, se ne diffuse uno di tristezza.

– Siete tutte persone che amo, – riprese la voce alla

radio, – per questo volevo tranquillizzarvi... non dovete stare in pena per me... io sto bene. All'inizio è stato molto difficile, non capivo cosa fosse successo... però mi sono adattata molto presto e adesso... adesso sono contenta...

– Ma... sei sempre in Europa? – La strana domanda era stata concepita da Carla.

– No, non direi! – rispose ridendo Caterina.

– Non vuoi dirci proprio niente? Darci qualche indicazione? – Vittorio, al solito, non rinunciava a sfiancare la sorella.

– Non so cosa dire... non lo so dove mi trovo... però sono felice...

«Felice» è un aggettivo estremo, irrealistico, sgradevole da ascoltare. Chi afferma di essere felice descrive uno stato che gli altri, in genere, valutano come transitorio e ingannevole, per non dover esserne invidiosi.

– Ma in questo posto... come te la cavi... da sola... – disse ancora il fratello.

– Non sono sola...

Gli ospiti della cucina si guardarono tra loro, la sequela delle loro incomprensioni era cosí incalzante che non riuscivano a tenerle dietro.

– Buonasera, sono Antonio...

Vittorio sobbalzò sulla sedia, mentre gli altri rimasero paralizzati.

– ...sono io che mi prendo cura di Caterina. Noi ci amiamo.

– Chi è questo? – sfuggí di bocca a Vittorio.

Caterina disse qualcosa al suo compagno in tono confidenziale, poi riprese il timone.

– L'ho conosciuto mesi fa... attraverso la radio... è difficile da spiegare... – «Difficile» stava diventando la parola piú ricorrente. – Ci siamo innamorati... Mi sembrava una cosa talmente pazzesca che non ne ho parlato con nessuno di voi... e di questo vi chiedo scusa... L'ho fatto solo con Stefania e ho scelto la persona sbagliata, poverina... e poi con Giulia... ed è stata proprio Giulia, la mia dolce Giulia, ad aiutarmi... e a farmi arrivare fin qui...

I presenti cominciavano ormai ad accettare l'idea che la loro amica e sorella si trovasse a casa del diavolo e ci stesse bene. «In fin dei conti, è come avere un parente in Australia...» avrebbe commentato Vittorio giorni dopo.

– Dovrei chiedervi perdono per aver portato via Caterina. Lo faccio: perdonatemi... – era di nuovo la voce di Antonio. – Dovrei anche dirvi che mi dispiace per quello che avete sofferto, dopo la sua scomparsa. È vero, mi dispiace, e molto. Ma lo rifarei domani... ve la riporterei via cento, mille volte... Verrei a rapirla sotto il vostro naso, la metterei in un sacco, dentro una valigia... perché io non posso vivere senza di lei... cioè ho un'autonomia di pochissime ore, ecco...

Carla pensò che avrebbe tanto voluto che un uomo le dicesse una cosa del genere, almeno una volta.

– Tu fortunato... tu tanto tanto fortunato... non lo scordare... – A parlare era stata Shu.

– Lo so...

– Voi come state? – riprese Caterina. – Vittorio, tesoro mio, come va la tua vita? E tu Carla? Come state? Vi prego, parlatemi di voi, ditemi...

Tutti allora, a turno, raccontarono le proprie faccende: Vittorio non aveva piú problemi con i suoi «creditori», cosí li chiamava, e cominciava ad apprezzare come la sorte avesse preso a fargli dei piccoli regali, ad esempio l'essere stato abbandonato da Susanna.

La pasticceria di Shu andava benissimo, i suoi dolci erano adorati dai clienti e anche da quelli del ristorante di Liang, cui ogni giorno venivano serviti come dessert. Il matrimonio era ormai vicino e alla serena soddisfazione di Shu faceva da contrappunto l'estasi del promesso sposo, talmente evidente, a tratti, da fargli perdere dignità. Ma chi è felice se ne frega di certi dettagli.

Carla proseguiva la sua solita esistenza, curava le coreografie nelle vetrine della pasticceria e aveva ricevuto il permesso di assumere un'assistente, ora che Shu era stata chiamata a più alto incarico. Aveva scelto sua cugina, di dieci anni più giovane di lei, divorziata e bisognosa di lavorare. Il nuovo innesto le permetteva di avere qualcuno con cui chiacchierare, il che, unito al ristabilirsi della vecchia zia cui era molto legata, faceva sí che potesse rispondere «Tutto bene, grazie» a chi si fosse interessato alla sua situazione.

Insomma, dopo la scomparsa di Caterina, e forse proprio grazie a questa, tutto era tornato a posto: i pianeti che le ruotavano intorno, dopo essere usciti dal loro asse per un po' e aver gironzolato sgomenti per il cosmo, erano rientrati nelle loro orbite serene.

Caterina ascoltò le cronache di tutti, si compiacque, diede consigli e fece grandi raccomandazioni, specie a Vittorio.

– Ma noi... potremo venire a trovarti? – le domandò il fratello.

– Non lo so. Mi piacerebbe tanto. Sarebbe meraviglioso essere di nuovo insie...

Uno scroscio e la voce s'interruppe.

Dall'apparecchio iniziò a uscire della musica, una melodia consolatoria, archi e clarinetto, che lentamente calmò le ansie delle persone sedute in quella cucina.

Non sentirono mai più Caterina, nonostante la speranza, nei mesi successivi, di ritrovare la sua voce accendendo la radio. La malinconia per la sua partenza fu addolcita dal pensiero che stava bene, insieme al suo amore.

Solo una volta, molti anni dopo, a Shu sembrò di sentirla ancora. Stava lavorando nel laboratorio, fuori era già buio. Il programma radiofonico che stava seguendo s'arrestò all'improvviso e le parve di sentire la voce di Caterina, che parlava e rideva insieme a un uomo, come se non sapesse di essere ascoltata. Poi, si udí la voce di un bambino. Durò solo qualche secondo, dopodiché il programma riprese.

Shu non ne parlò con nessuno. Sorrise e continuò a preparare la sua torta.

234

Breve nota dell'autore

Il 28 settembre è uno dei giorni piú insignificanti nella storia dell'umanità. Se andate a controllare sugli annali, scoprirete che l'avvenimento piú rilevante accaduto in questa data è stato la scoperta di un nuovo satellite di Giove, nel 1951, un evento di cui purtroppo non si parla con il dovuto entusiasmo.

Il 28 settembre del 1942, a Roma, un tale rientrò a casa sua, nel popolare quartiere di San Giovanni, con un grosso pacco tra le mani e un'espressione esaltata sul viso. Era un signore bonario, stempiato e con le mani callose. Si chiamava Tiepolo e faceva il falegname. *Ebanista*, specificava lui, come a dire: «È tutta un'altra cosa». Si trattava di un vezzo tenero e inutile: a quell'epoca i soldi scarseggiavano, i pochi mobili che si vendevano erano fatti con legni poveri e la maggior parte dei romani pensava che «ebano» fosse una località termale dell'Alta Italia. Il curioso nome dell'artigiano veniva dalla passione di suo padre, un tipografo dal carattere singolare, per il pittore veneto. «Meno male che non je piaceva Van Gogh...» scherzavano al bar gli amici di Tiepolo. Del resto, poteva andare peggio: il fratello minore era stato chiamato con il nome del secondo grande amore paterno e sui suoi documenti si leggeva Gutenberg Cionfi. La pietà, o forse semplicemente il senso pratico di chi gli viveva accanto, aveva arrangiato quel nome impossibile modificandolo in Berge. Tiepolo e Berge: la vita spesso è peggiore di una brutta sceneggiatura.

Quella sera del 28 settembre, dunque, Tiepolo rincasò pieno d'eccitazione e, al tempo stesso, di timore. Nel cartone che si portava dietro nascondeva qualcosa di meraviglioso e destabilizzante al tempo stesso. La moglie Maria si spostava di continuo da una camera all'altra, presa com'era a cucinare, occuparsi dei bambini, stirare la biancheria: e meno male che le camere della famiglia Cionfi erano solo due. – Che c'è lí dentro? – chiese al marito senza badarci troppo. Allora Tiepolo, con un gesto teatrale e un sorriso euforico sulle labbra, scoprí un apparecchio radiofonico. Maria, di fronte a quel colpo di scena, si comportò come fanno le donne che, per estrazione sociale e per destino, sono abituate a lavorare come muli, crescere figli e preoccuparsi di arrivare alla fine del mese: lo rimproverò. – Ma che hai fatto? La fame avanti e noi dietro che non la raggiungiamo mai e ti sei messo a comprare una radio? – A Tiepolo crollarono addosso Babele, Atlantide e Sodoma e Gomorra, poi tentò di farfugliare qualcosa riguardo le notizie, i radiodrammi. Concluse la sua arringa dicendo: – ... e poi tu stai sempre chiusa qui dentro, almeno ti svaghi un po'!

Maria si sedette su un letto con le mani in grembo, i ragazzini le furono intorno in un attimo, tre femmine e un maschio che avevano notato subito lo strano oggetto posato dal padre sul tavolo. Ostentavano indifferenza, nell'attesa di poterlo distruggere rapidi e silenziosi, come il loro ruolo imponeva, quando gli adulti si fossero distratti. – Marí, me dispiace... se vuoi la riporto indietro... – disse il falegname a testa bassa. La moglie allora lasciò che la grande anima delle donne riempisse la stanza e sussurrò: – Non fa niente, non ti preoccupare... bravo, hai avuto una bella idea... anche per i bambini, cosí imparano meglio a parlare l'italiano... – Tiepolo riprese finalmente a respirare e il suo morale tornò il gigante che era di solito, al punto che si lasciò sfuggire: – Comunque stai tranquilla... ieri mi hanno commissionato una credenza... – Maria aggiunse solo un «Regazzí... attenzione, eh! Occhio a quello che fate!» rivolto ai figli, e i quattro capirono all'istante che un mostro si ergeva ormai tra loro e l'apparecchio radiofonico: la cucchiarella, un piccolo oggetto in legno per girare il sugo, una delle cose piú dolorose nelle quali possano incappare le natiche.

Quella radio, per Tiepolo e per i suoi cari, fu a lungo una straordinaria compagna di viaggio, finché il passare del tempo la trasformò da persona di famiglia a oggetto d'antiquariato.

Esattamente cinquant'anni dopo, in quegli stessi giorni di settembre in cui mio nonno falegname portò a casa il suo sorprendente oracolo a valvole e mia nonna si preoccupò, io cominciavo a condurre un programma radiofonico.

Ogni tanto ci penso: mi piacerebbe che avessero potuto sentire la mia voce uscire dal loro apparecchio poggiato sul tavolo, mentre i bambini correvano intorno, Maria cucinava e Tiepolo commentava, aggiustando l'impagliatura di una sedia: – Ma senti questo, senti...

Brevissima nota dell'autore.

Le canzoni citate nel romanzo possono appartenere a questo mondo o a un altro.

Stampato per conto della Casa editrice Einaudi
presso ELCOGRAF S.p.A. - Stabilimento di Cles (Tn)
nel mese di ottobre 2017

C.L. 23608

Ristampa

0   1   2   3   4   5   6

Anno

2017   2018   2019   2020